Anton Tschechow

Liebesgeschichten

Aus dem Russischen von
Alexander Eliasberg

W0409697

Fischer Taschenbuch Verlag

MIX
Papier aus verantwortungsvollen Quellen
FSC® C083411
www.fsc.org

2. Auflage: Februar 2012

Veröffentlicht im Fischer Taschenbuch Verlag,
einem Unternehmen der S. Fischer Verlag GmbH,
Frankfurt am Main, Januar 2010

Für diese Ausgabe:
© S. Fischer Verlag GmbH, Frankfurt am Main 2010
Satz: Druckerei C. H. Beck, Nördlingen
Druck und Bindung: CPI – Clausen & Bosse, Leck
Printed in Germany
ISBN 978-3-596-90232-3

Unsere Adressen im Internet:
www.fischerverlage.de
www.fischer-klassik.de

Inhalt

Von der Liebe

Zum Frühstück gab es ausgezeichnete Pasteten, Krebse und Hammelkoteletts; während man am Tische saß, kam der Koch Nikanor herauf, um zu fragen, was die Gäste zum Mittag wünschten. Der Koch war ein Mann von mittlerem Wuchs, mit aufgedunsenem Gesicht und kleinen Augen. Es war bartlos, sah aber so aus, als ob sein Schnurrbart nicht wegrasiert, sondern ausgerupft wäre.

Aljochin erzählte, dass die hübsche Pelageja in diesen Koch verliebt sei. Sie wolle aber den Säufer und Raufbold nicht heiraten, sei jedoch bereit, mit ihm »einfach so« zu leben. Er sei aber sehr religiös, und seine Überzeugungen gestatteten ihm nicht, mit ihr »einfach so« zu leben; er bestehe darauf, dass sie ihn heirate, und wenn er betrunken sei, so beschimpfe er sie und schlage sie sogar. So oft er betrunken sei, flüchte sie hinauf und weine, und in solchen Fällen blieben Aljochin und die Dienstboten stets zu Hause, um sie im Notfalle in Schutz zu nehmen.

So kam das Gespräch auf die Liebe.

»Wie die Liebe entsteht«, sagte Aljochin, »warum Pelageja sich nicht in einen andern Mann, dessen seelische und äußere Eigenschaften besser zu ihr passten, sondern gerade in Nikanor, diese Schnauze – man nennt ihn hier überall ›Nikanor die Schnauze‹ – verliebt hat; inwiefern für die Liebe Gründe des persönlichen Glücks maßgebend sind – all das ist unbekannt, und es steht jedem frei, diese Frage in jedem beliebigen Sinne zu behandeln. Von der Liebe ist bisher nur eine einzige unbestreitbare Wahrheit gesagt worden, nämlich, dass ›dieses Geheimnis groß ist‹; doch alles Übrige, was von der Liebe je gesprochen oder geschrieben wurde, ist keine Lösung, sondern nur eine neue Formulierung der Fragen, die stets ungelöst bleiben. Eine Erklärung, die für irgendeinen bestimmten Fall zu taugen scheint, für zehn andere Fälle gar nicht; das Beste ist wohl, so glaube ich wenigstens, jeden einzelnen Fall für sich zu behandeln und Verallgemeinerungen zu vermeiden. Man muss, um mit den Ärzten zu sprechen, die Fälle individualisieren.«

»Sehr richtig«, bemerkte Burkin.

»Wir anständige Russen haben stets eine Vorliebe für solche Fragen, die ungelöst bleiben müssen. Sonst pflegt man die Liebe zu poetisieren und mit Rosen und Nachtigallen auszuschmücken; aber wir schmücken unsere Liebe nur mit diesen schicksalsschweren Fragen aus, wobei wir unter ihnen die uninteressantesten auswählen. Als ich noch Student in Moskau war, hatte ich ein Verhältnis mit einer recht lieben Dame, die jedes Mal, wenn sie in meinen Armen lag, nur daran dachte, wie viel Geld ich ihr monatlich geben würde und was jetzt das Rindfleisch kostete. So sind auch wir; wenn wir lieben, beschäftigen wir uns fortwährend mit ähnlichen Fragen: ob es anständig oder unanständig von uns sei, ob klug oder dumm, wohin diese Liebe führen könne und so weiter. Ob das gut ist oder nicht, weiß ich nicht; aber ich weiß, dass es stört und ärgert und jeden Genuss verleidet.«

Man hatte den Eindruck, dass er etwas erzählen wollte. Menschen, die zurückgezogen leben, haben immer etwas auf dem Herzen, was sie gerne erzählen möchten. Daher gehen Junggesellen so gerne ins Dampfbad oder ins Restaurant, um ihr Herz auszuschütten und den Bademeistern und Kellnern Geschichten zu erzählen, die zuweilen sehr interessant sind; und auf dem Lande schütten solche Menschen ihr Herz vor den Gästen aus. Man sah aus dem Fenster einen trostlos grauen Himmel und vom Regen durchnässte Bäume; bei solchem Wetter konnte man wirklich nichts Besseres anfangen, als erzählen oder zuhören.

»Ich lebe hier in Ssofjino und bewirtschafte dieses Gut seit vielen Jahren«, begann Aljochin, »seit ich die Universität absolviert habe. Meiner Erziehung nach bin ich Faulenzer, meinen Neigungen nach – Stubenhocker und Bücherwurm; als ich herkam, war das Gut arg verschuldet, und da mein Vater diese Schulden gemacht hatte, um mir die beste Erziehung geben zu können, so fasste ich den Entschluss, hier zu bleiben und zu arbeiten, bis ich alle Schulden bezahlt haben würde. Das hatte ich mir vorgenommen und stürzte mich in die Arbeit, offen gestanden, nicht ohne einigen Widerwillen. Der Boden ist hier wenig ergiebig, und wenn man ihn ohne Verlust bewirtschaften will, so muss man entweder eine Anzahl leibeigene oder gedungene Landarbeiter – es kommt ja auf dasselbe hinaus – beschäftigen, oder aber die Wirtschaft auf Bauernart betreiben, d. h. selbst mit seiner ganzen Familie im Felde arbeiten. Einen Mittelweg gibt es nicht. Damals machte ich aber keine solchen feinen Unterschiede. Ich ließ kein Fleckchen Boden unbestellt, ich trieb alle Männer und Weiber aus den nächsten Dörfern zusammen, und die Arbeit ging wie mit Dampf; ich pflügte, säte und mähte mit eigenen Händen, langweilte mich aber dabei und rümpfte oft die Nase, wie eine Dorfkatze, wenn sie vor Hunger im Gemüsegarten Gurken frisst; mein ganzer Körper war wie zerschlagen, und ich schlief oft im Stehen. In der ersten Zeit glaubte ich, dieses Arbeitsleben mit den Angewohnheiten eines Kulturmenschen vereinen zu können: ich glaubte, dass es dazu genüge, in seinem Leben eine gewisse äußere Ordnung einzuhalten. Ich bewohnte die Paraderäume im Obergeschoss, ließ mir nach jeder Mahlzeit Kaffee mit Likör reichen und las allabendlich vor dem Einschlafen den ›Europäischen Boten‹. Einmal besuchte mich aber unser Dorfpope P. Iwan und trank auf einen Zug alle meine Liköre aus. Und der ›Europäische Bote‹ befand sich von nun an ständig in Händen der Popentöchter: während der Erntezeit war ich immer so müde, dass ich fast niemals in mein Bett kam, sondern in einem Schlitten, der in der Scheune stand, oder in einer Waldhütte einschlief; wie konnte ich da ans Lesen denken? So siedelte ich allmählich in die unteren Räume über, aß mit dem Hausgesinde in der Küche zu Mittag, und von allem früheren Prunk blieb mir nur diese Dienerschaft zurück, die ich noch von meinen Vater geerbt habe und die zu entlassen ich nicht übers Herz bringen konnte.

Gleich im ersten oder zweiten Jahre wurde ich zum Ehren-Friedensrichter gewählt. Nun musste ich ab und zu in die Stadt fahren, um an den Sitzungen des Bezirksgerichts teilzunehmen; das brachte einige Abwechslung in mein Leben. Wenn man hier so an die zwei, drei Monate ununterbrochen gelebt hat, besonders im Winter, so sehnt man sich schließlich nach einem Gehrock. Im Bezirksgericht gab es aber Gehröcke, Uniformen und Fräcke in Hülle und Fülle; lauter Juristen mit Hochschulbildung, also Menschen, mit denen ich sprechen konnte. Nach den Nächten im Schlitten und in der Scheune und dem Essen in der Küche war es ein ganz besonderer Genuss, in reiner Wäsche und leichten Schuhen, mit einer Richterkette auf der Brust in einem weichen Lehnsessel zu sitzen.

In der Stadt wurde ich überall freundlich empfangen und schloss gerne Bekanntschaften. Unter diesen war mir, offen gestanden, die Bekanntschaft mit dem Vizepräsidenten des Bezirksgerichts Luganowitsch die angenehmste. Sie kennen ihn ja beide: er ist ein reizender Mensch. Es war gleich nach dem berühmten Brandstifterprozess; die Verhandlungen hatten zwei Tage gedauert, und wir waren beide todmüde. Luganowitsch blickte mich an und sagte:

›Wissen Sie was? Kommen Sie doch zu mir zum Mittagessen.‹

Das kam sehr unerwartet, denn wir kannten uns nur rein offiziell, und ich war noch kein einziges Mal bei ihm im Hause gewesen. Ich ging also zu mir ins Hotel, zog mich um und begab mich zu ihm. Bei dieser Gelegenheit lernte ich Luganowitschs Gattin, Anna Alexejewna kennen. Sie war damals noch sehr jung, kaum über zweiundzwanzig, und hatte erst vor einem halben Jahre ihr erstes Kind zur Welt gebracht. Das Ganze gehört ja schon der Vergangenheit an, und ich kann heute gar nicht sagen, was an ihr so ungewöhnlich gewesen war, das auf mich solchen Eindruck machte; aber damals beim Mittagessen war mir das vollkommen klar; ich sah vor mir eine junge, hübsche, gute, gebildete, entzückende Frau, wie ich eine solche noch niemals gesehen hatte. Und ich fühlte in ihr sofort ein so verwandtes und vertrautes Wesen, als hätte ich ihr Gesicht mit den freundlichen, klugen Augen schon einmal in meiner Kindheit im Photographienalbum, das auf der Kommode meiner Mutter lag, gesehen.

Im Brandstifterprozess wurden vier Juden verurteilt, wobei man als strafschärfend, meiner Ansicht nach mit Unrecht, das Vorhandensein einer bandenartigen Organisation annahm. Während des Essens sprach ich immer vom Prozess und regte mich sehr auf. Es war mir so schwer ums Herz, und ich weiß nicht mehr, was ich alles zusammenredete; aber ich weiß noch, wie Anna Alexejewna fortwährend den Kopf schüttelte und zu ihrem Mann sagte:

›Dmitrij, wie ist es nur möglich?‹

Luganowitsch war im Grunde genommen gutmütig, hielt aber hartnäckig an der Ansicht fest, dass ein Mensch, der vor Gericht steht, unbedingt der Schuldige sei und dass man seine Zweifel über das Urteil nur auf dem vorgeschriebenen Instanzenwege und schriftlich, aber keineswegs in einem Privatgespräch beim Mittagessen äußern dürfe.

›Wir beide haben ja keine Brandstiftung begangen‹, sagte er mild, ›wir stehen nicht vor Gericht und kommen auch nicht ins Zuchthaus.‹

Alle beide, Mann und Frau, nötigten mich, möglichst viel zu essen und zu trinken; aus verschiedenen Kleinigkeiten, z. B. wie sie gemeinsam den Kaffee bereiteten und wie gut sie einander fast ohne Worte verstanden, konnte ich schließen, dass sie glücklich und friedlich zusammen lebten und sich über jeden Gast von Herzen freuten. Nach dem Essen spielte man vierhändig Klavier, und als es dunkel wurde, nahm ich Abschied und fuhr heim. Das war in den ersten Frühlingstagen. Den folgenden Sommer verbrachte ich ohne Unterbrechung in Ssofjino und hatte gar keine Zeit, an die Stadt zu denken; doch die Erinnerung an die schlanke, blonde Frau lebte in mir alle diese Tage; ich dachte eigentlich gar nicht an sie, aber die Erinnerung ruhte wie ein leichter Schatten auf meiner Seele.

Im Spätherbst gab es in der Stadt irgendeine Wohltätigkeitsvorstellung. Der Gouverneur ließ mich in seine Loge bitten; als ich während eines Zwischenaktes in die Loge eintrat, sah ich neben der Gouverneurin Anna Alexejewna sitzen. Und ich geriet wieder in den Bann ihrer Schönheit und ihrer lieben freundlichen Augen; und mich überkam von neuem das Gefühl der seelischen Nähe.

Wir saßen nebeneinander und gingen nachher zu zweit im Foyer auf und ab.

›Sie sind etwas abgemagert‹, sagte sie. ›Waren Sie krank?‹

›Ja. Ich habe rheumatische Schmerzen in der Schulter und kann bei regnerischem Wetter fast gar nicht schlafen.‹

›Sie sehen wirklich schlecht aus. Damals im Frühjahr, als Sie bei uns zu Mittag aßen, schienen Sie jünger und rüstiger. Sie waren damals aufgeregt, sprachen sehr viel und interessant, und ich muss gestehen, dass Sie auf mich Eindruck machten. Aus irgendeinem Grunde musste ich an Sie im Laufe des Sommers oft denken; auch heute, vor dem Theater, kamen Sie mir in den Sinn, und ich hatte das Gefühl, dass ich Sie hier treffen werde.‹

Sie lachte.

›Aber heute sehen Sie schlecht aus‹, wiederholte sie. ›Das macht Sie älter, als Sie sind.‹

Am folgenden Tage frühstückte ich bei den Luganowitschs; nach dem Frühstück fuhren sie nach ihrer Sommerwohnung hinaus, um allerlei Anordnungen für den Winter zu treffen, und ich begleitete sie. Dann kehrte ich mit ihnen in die Stadt zurück und trank bei ihnen um Mitternacht, in friedlichstem Familienkreise, Tee; im Kamin brannte ein lustiges Feuer, und die junge Mutter ging jeden Augenblick hinaus, um zu sehen, ob ihre Kleine ruhig schlafe. So oft ich später in die Stadt kam, besuchte ich regelmäßig die Luganowitschs. Sie gewöhnten sich an mich, und ich mich an sie. Meistens erschien ich unangemeldet, wie ein naher Verwandter.

›Wer ist da?‹, hörte ich aus einem fernen Zimmer die gedehnte Stimme, die mir damals so schön erschien.

›Es ist Pawel Konstantinowitsch‹, antwortete das Dienstmädchen oder die Kinderfrau.

Anna Alexejewna kam mir mit etwas besorgtem Gesicht entgegen und fragte jedes Mal:

›Warum hat man Sie so lange nicht gesehen? Ist etwas passiert?‹

Ihr Blick, die schöne, vornehme Hand, die sie mir reichte, ihr Hauskleid, ihre Frisur, ihre Stimme und der Klang ihrer Schritte machten auf mich jedes Mal den gleichen Eindruck von etwas Neuem, Ungewöhnlichem und für mich sehr Wichtigem. Wir verbrachten die Zeit in langen Gesprächen und auch in langem Schweigen, wobei ein jeder das seinige dachte; oder sie spielte mir etwas vor. Wenn aber niemand zu Hause war, so blieb ich da und wartete. Ich unterhielt mich mit der Kinderfrau, spielte mit der Kleinen oder lag auf dem türkischen Sofa im Herrnzimmer und las eine Zeitung; wenn Anna Alexejewna nach Hause kam, empfing ich sie im Vorzimmer, nahm ihr alle ihre Pakete ab und trug sie mit solcher Liebe, mit solchem Triumph ins Zimmer, als ob ich ein verliebter Knabe wäre.

Es gibt ein russisches Sprichwort: ›Die Frau hatte zu wenig Sorgen und schaffte sich darum ein Ferkel an.‹ Die Luganowitschs hatten zu wenig Sorgen und machten darum meine Bekanntschaft. Wenn ich einmal lange ausblieb, so hieß es gleich, dass ich krank sei oder dass mir etwas zugestoßen sei, und beide waren dann um mich sehr besorgt. Es machte ihnen auch Sorge, dass ich, ein gebildeter Mann mit großen Sprachkenntnissen, statt mich mit Wissenschaft oder Literatur zu beschäftigen, draußen auf dem Lande lebte, mich abrackerte und dabei meistens kein Geld hatte. Sie glaubten, dass ich darunter sehr leide und, wenn ich spreche, lache oder esse, es nur dazu tue, um meine Qualen zu verbergen; selbst in den lustigsten Augenblicken, wenn mir wirklich wohl zumute war, fühlte ich auf mir ihre prüfenden und besorgten Blicke ruhen. Besonders rührend benahmen sie sich, wenn ich wirklich irgendwelche Schwierigkeiten hatte, wenn mich ein Gläubiger bedrängte oder mir das Geld für eine fällige Zahlung fehlte; Mann und Frau flüsterten einige Minuten am Fenster, darauf ging er mit ernstem Gesicht auf mich zu und sagte:

›Pawel Konstantinowitsch, wenn Sie augenblicklich Geld brauchen, so bitten wir Sie, sich nicht zu genieren und von uns zu nehmen.‹

Vor Aufregung wurden ihm dabei die Ohren rot. Es kam auch vor, dass er, nachdem er so mit seiner Frau am Fenster getuschelt hatte, mit roten Ohren auf mich zuging und sagte:

›Meine Frau und ich bitten Sie, von uns dieses kleine Geschenk anzunehmen.‹

Und er überreichte mir ein Paar Manschettenknöpfe, ein Zigarettenetui oder eine Tischlampe; ich revanchierte mich dafür mit Geflügel, Butter und Blumen von meinem Gut. Ich muss bemerken, dass sie recht wohlhabend waren. In der ersten Zeit machte ich große Schulden und war darin wenig wählerisch: ich nahm Geld, wo ich es mir nur verschaffen konnte. Aber keine Macht in der Welt hätte mich zwingen können, von den Luganowitschs etwas zu borgen. Was soll ich noch viel davon sprechen …

Ich war nicht glücklich. Zu Hause, im Felde und in der Scheune dachte ich nur an sie und gab mir Mühe, das Geheimnis der jungen, schönen und klugen Frau zu erraten, die mit einem uninteressanten alten Mann (er war damals über vierzig) verheiratet war und von ihm Kinder hatte; das Geheimnis dieses uninteressanten, gutmütigen und treuherzigen Mannes zu ergründen, der über alle Dinge so vernünftig und langweilig sprach, auf Bällen und bei Abendunterhaltungen im Kreise der älteren soliden Herren, langweilig und überflüssig, mit einem Ausdrucke von Demut und Teilnahmslosigkeit saß und dabei doch an sein Recht, glücklich zu sein und von dieser Frau Kinder zu haben, glaubte; ich versuchte immer zu begreifen, warum sie ihm und nicht mir begegnet war, und wem dieser verhängnisvolle Fehler in unserem Leben etwas nützen konnte.

Und so oft ich in die Stadt kam, las ich in ihren Augen, dass sie mich erwartet hatte; sie gestand mir auch manchmal selbst, dass sie an diesem Tage schon vom frühen Morgen an eine eigentümliche Vorahnung gehabt habe. Wir sprachen und schwiegen stundenlang; wir gestanden uns aber unsere Liebe nicht ein und verheimlichten sie scheu und eifersüchtig. Wir fürchteten alles, was unsere Liebe uns selbst hätte enthüllen können. Ich liebte sie zärtlich und tief. Doch ich hatte allerlei Bedenken und fragte mich, wozu unsere Liebe führen könnte, wenn wir nicht die Kraft hätten, sie in uns niederzuringen; es erschien mir als unwahrscheinlich und unmöglich, dass meine stille, traurige Liebe dem glücklichen Leben ihres Mannes, ihrer Kinder und des ganzen Hauses, wo man mich so sehr liebte und mir so vertraute, ein rohes und jähes Ende bereiten könnte. Wäre das anständig? Sie würde mir wohl folgen; doch wohin? Wohin könnte ich sie führen?

Wenn ich wenigstens ein schönes, interessantes Leben hätte, wenn ich z. B. für die Befreiung meiner Heimat kämpfte oder ein berühmter Gelehrter, Schauspieler oder Maler wäre; so müsste ich sie aber aus der einen gewöhnlichen und alltäglichen Umgebung in eine ähnliche, womöglich noch gewöhnlichere bringen. Und wie lange würde unser Glück dauern? Was würde aus ihr im Falle meiner Krankheit oder meines Todes werden, oder wenn unsere Liebe ein Ende nähme?

Sie schien die gleichen Zweifel zu haben. Sie dachte viel an ihren Mann, an ihre Kinder und an ihre Mutter, die den Schwiegersohn wie einen eigenen Sohn liebte. Wenn sie sich ihrem Gefühl hingäbe, müsste sie entweder lügen oder die Wahrheit sagen; in ihrer Lage wäre aber beides gleich entsetzlich und unbequem. Auch sie quälte sich mit der Frage: ob ihre Liebe mir Glück bringen würde, ob sie mein Leben, das schon ohnehin schwer und voller Misserfolge war, nicht noch schwieriger gestalten würde? Sie glaubte, dass sie nicht jung genug für mich sei, nicht fleißig und energisch genug, um ein neues Leben zu beginnen, und sie sagte oft zu ihrem Mann, dass es gut wäre, wenn ich ein kluges und meiner würdiges junges Mädchen heiratete, das eine gute Hausfrau und eine getreue Helferin sein müsste; sie fügte aber gleich hinzu, dass in der ganzen Stadt wohl kein einziges solches Mädchen zu finden sei.

So gingen die Jahre dahin. Anna Alexejewna hatte bereits zwei Kinder. Wenn ich zu den Luganowitschs kam, so lächelten mir die Dienstboten freundlich zu, die Kinder schrien, dass Onkel Pawel Konstantinowitsch gekommen sei und fielen mir um den Hals, und alle freuten sich. Niemand wusste, was in meinem Innersten vorging, und alle glaubten, dass auch ich mich freute. Alle hielten mich für einen edlen Menschen. Die Erwachsenen und die Kinder hatten das Gefühl, dass in ihrem Hause ein edler Mensch anwesend sei, und das verlieh ihren Beziehungen zu mir einen ganz besonderen Reiz, als ob ihr Leben in meiner Gegenwart edler und schöner wäre. Anna Alexejewna und ich besuchten oft das Theater und gingen jedes Mal zu Fuß hin; wir saßen im Parkett nebeneinander, unsere Schultern berührten sich, ich nahm aus ihren Händen schweigend das Opernglas und fühlte in diesen Augenblicken, dass sie mir nahe sei, dass sie mir gehöre, dass wir ohne einander gar nicht leben können; aber wenn das Theater zu Ende war, trennten wir uns wie Fremde; es war wie ein seltsames Missverständnis. In der Stadt wurde bereits manches über uns gemunkelt; doch an allem Gerede war kein einziges Wort wahr.

In den folgenden Jahren reiste Anna Alexejewna öfters fort, bald zu ihrer Mutter, bald zu ihrer Schwester; sie war oft schlechter Laune und hatte wohl das Bewusstsein, dass ihr Leben verfehlt sei; in solchen Augenblicken wollte sie weder ihren Mann noch ihre Kinder sehen. Sie war bereits so weit, dass sie sich von Nervenärzten behandeln lassen musste.

Wir schwiegen fast immer; in Gegenwart von Fremden hatte sie meistens eine seltsam gereizte Stimmung gegen mich; was ich auch sagen mochte, stets widersprach sie mir, und wenn ich mit jemand stritt, so ergriff sie Partei für meinen Gegner. Wenn ich etwas fallen ließ, sagte sie kühl:

›Ich gratuliere Ihnen.‹

Wenn ich mit ihr ins Theater ging und das Opernglas mitzunehmen vergaß, sagte sie:

›Ich wusste, dass Sie es vergessen werden.‹

Zum Glück oder Unglück gibt es in unserem Leben nichts, was nicht früher oder später ein Ende nähme. Luganowitsch wurde zum Präsidenten ernannt und in eines der westlichen Gouvernements versetzt; wir mussten uns trennen. Die Luganowitschs verkauften nun ihre Möbel, Pferde und die Sommerwohnung. Als wir aufs Land hinausfuhren und auf dem Rückwege zum letzten Mal auf den Garten und das grüne Dach der Sommerwohnung zurückblickten, war es uns allen sehr traurig zumute, und ich begriff, dass ich nicht nur von der Sommerwohnung allein Abschied nehmen musste. Es wurde beschlossen, dass Anna Alexejewna Ende August auf ärztlichen Rat nach der Krim gehen und Luganowitsch mit den Kindern erst nachher nach seinem westlichen Gouvernement abreisen sollte.

Wir begleiteten Anna Alexejewna in großer Gesellschaft zum Zug. Als sie bereits von ihrem Mann und den Kindern Abschied genommen hatte und jeden Augenblick das dritte Glockenzeichen ertönen musste, sprang ich noch zu ihr ins Coupé hinein, um ein Körbchen, das sie vergessen hatte, ins Gepäcknetz zu legen; und nun musste ich von ihr Abschied nehmen. Als unsere Blicke sich in diesem Augenblick begegneten, ließen uns alle unsere Kräfte im Stich. Ich umarmte sie, sie schmiegte ihr Gesicht an meine Brust, und Tränen liefen ihr die Wangen hinab. Ich bedeckte ihr tränenfeuchtes Gesicht, ihre Schultern und Hände mit Küssen. Mein Gott, wie unglücklich waren wir beide! Ich gestand ihr meine Liebe und sah erst jetzt mit brennendem Weh im Herzen ein, wie nichtig, trügerisch und unnötig alles war, was unserer Liebe im Wege stand. Ich begriff, dass wenn man liebt, man an wichtigere Dinge als an Glück und Unglück, Tugend und Sünde in landläufigem Sinne denken, oder überhaupt gar nicht denken soll.

Ich küsste sie zum letzten Mal, drückte ihr die Hand, und wir trennten uns für immer. Der Zug war bereits abgefahren. Ich setzte mich ins Nachbarcoupé, das zufällig leer war, und saß bis zur nächsten Station da und weinte. Und dann ging ich zu Fuß nach Ssofjino heim …«

Während Aljochin erzählte, hörte der Regen auf, und die Sonne kam zum Vorschein. Burkin und Iwan Iwanowitsch traten auf den Balkon hinaus; die Aussicht auf den Garten und den Teich, der in der Sonne wie ein Spiegel glänzte, war wunderschön. Sie genossen die Aussicht und dachten zugleich mit Mitleid an diesen Mann mit den klugen und guten Augen, der ihnen so offenherzig seine Geschichte erzählt hatte und der sich auf diesem Riesengute abrackerte, statt sich mit Wissenschaft oder anderen Dingen, die sein Leben hätten angenehmer gestalten können, abzugeben; und sie dachten, welch trauriges Gesicht die junge Dame gehabt haben müsse, als er von ihr im Coupé Abschied nahm und er ihr Gesicht und ihre Schultern küsste. Beide hatten sie öfters in der Stadt gesehen, und Burkin war mit ihr sogar bekannt und fand sie hübsch.

Der Kuss

Am 20. Mai, abends acht Uhr, erreichten sämtliche sechs Batterien der N.'schen Reserveartilleriebrigade, die in ihr Sommerlager zog, das Kirchdorf Mestetschki, wo das Nachtquartier aufgeschlagen werden sollte. Mitten im größten Trubel, als ein Teil der Offiziere sich bei den Geschützen zu schaffen machte, und die übrigen sich auf dem freien Platze vor der Kirche versammelt hatten, um die Meldungen der Quartiermacher entgegenzunehmen, kam plötzlich hinter der Kirche ein Reiter in Zivilkleidung auf einem sehr sonderbaren Pferde zum Vorschein. Das kleine falbe Pferd mit dem schönen Hals und kurzem Schweif bewegte sich nicht geradeaus, sondern irgendwie seitwärts, wobei es mit den Beinen zierliche tänzelnde Bewegungen machte, als ob man es mit der Peitsche auf die Beine schlüge. Der Mann ritt auf die Offiziere zu, lüftete den Hut und sagte:

»Seine Exzellenz Generalleutnant von Rabbeck, der hier in der Nähe ein Gut hat, bittet die Herren Offiziere, sogleich zu ihm zu einer Tasse Tee zu kommen ...«

Das Pferd verbeugte sich, begann wieder zu tänzeln und wich seitwärts zurück; der Reiter lüftete wieder den Hut und verschwand nach einem Augenblick mit seinem sonderbaren Pferde hinter der Kirche.

»Dass ihn der Teufel!«, brummten einige Offiziere, indem sie ihre Quartiere aufsuchten. »Man ist todmüde und will schlafen, und da kommt dieser von Rabbeck mit seinem Tee! Wir wissen, was so ein Tee bedeutet!«

Den Offizieren aller sechs Batterien war noch lebhaft der vorjährige Fall in Erinnerung, als sie während der Manöver gemeinsam mit den Offizieren eines Kosakenregiments auf die gleiche Weise zu einem Gutsbesitzer, einem Grafen und ehemaligen Militär, zu einer Tasse Tee geladen waren; der gastfreie und liebenswürdige Graf nahm sie freundlich auf und gab ihnen gut zu essen und zu trinken. Dann ließ er sie aber nicht in ihre Dorfquartiere zurückzukehren, sondern zwang sie, bei ihm zu übernachten. Das war ja alles sehr schön, und man könnte es gar nicht besser haben, aber der ehemalige Militär hatte am Besuch der jungen Offiziere doch zu viel Freude: bis zum Morgengrauen erzählte er ihnen Geschichten aus der guten alten Zeit, schleppte sie durch alle Zimmer, um ihnen wertvolle Bilder, alte Stiche und seltene Waffen zu zeigen und las ihnen Originalbriefe hochgestellter Persönlichkeiten vor, während die todmüden Offiziere sich nach ihren Betten sehnten und höflich in die Ärmel hineingähnten; und als der Hausherr sie endlich in Ruhe ließ, war es schon zu spät, um sich noch hinzulegen.

War vielleicht auch dieser von Rabbeck so? Ob so oder anders, jedenfalls war nichts zu machen. Die Offiziere putzten sich, machten Toilette und begaben sich gemeinsam auf die Suche nach dem Herrenhause. Auf dem Platze vor der Kirche wurde ihnen gesagt, dass sie entweder den unteren Weg nehmen sollten – hinter der Kirche zum Flusse hinab und dann das Ufer entlang bis zum Gutsparke, von wo aus die Allee sie direkt zum Hause führen würde; oder aber den oberen Weg – gleich von der Kirche die Landstraße entlang, die eine halbe Werst hinter dem Dorfe direkt an die herrschaftlichen Getreidespeicher stoße. Die Offiziere zogen diesen letzteren Weg vor.

»Welcher von Rabbeck mag das sein?«, fragten sie sich unterwegs. »Ist es nicht derselbe, der bei Plewna die N.'sche Kavalleriedivision kommandierte?«

»Nein, jener hieß nicht von Rabbeck, sondern Rabe und ohne von.«

»Das Wetter ist aber herrlich!«

Beim ersten Getreidespeicher teilte sich die Straße: der eine Weg lief gerade weiter und verschwand in der Abenddämmerung, und der andere führte nach rechts zum Herrenhause. Die Offiziere bogen nach rechts ab und begannen etwas leiser zu sprechen … Zu beiden Seiten der Straße zogen sich gemauerte

Speicher mit roten Dächern hin, schwerfällig und unfreundlich wie Provinzkasernen. Vorne leuchteten schon die Fenster des Herrenhauses.

»Meine Herren, ein gutes Zeichen!«, sagte einer der Offiziere. »Unser Setter geht voraus; folglich spürt er, dass es hier für ihn Beute gibt!«

Oberleutnant Lobytko, ein schlanker und kräftiger, doch bartloser junger Mann (er war zwar über fünfzwanzig, aber sein rundes, volles Gesicht zeigte noch keine Spuren von Bartwuchs), der in der ganzen Brigade durch seine Spürnase und die Fähigkeit, die Anwesenheit von Frauen auf die größte Entfernung zu wittern, berühmt war und daher der »Setter« genannt wurde, ging tatsächlich allen voraus. Er wandte sich um und sagte:

»Ja, hier müssen Frauen sein. Das sagt mir mein Instinkt.«

An der Tür wurden die Offiziere von Herrn von Rabbeck in eigener Person empfangen. Er war ein ehrwürdiger Sechziger und trug Zivilkleidung. Während er den Gästen die Hände drückte, sagte er, dass er über ihren Besuch glücklich sei, aber die Herren Offiziere um Vergebung bitten müsse, dass er ihnen kein Nachtquartier anbieten könne; er habe zwei Schwestern mit ihren Kindern, mehrere Brüder und Nachbarn zu Besuch, so dass im ganzen Hause kein einziges Zimmer frei sei.

Der General schüttelte jedem Einzelnen die Hand, bat jeden Einzelnen um Entschuldigung und lächelte; aber in seinem Gesicht konnte man lesen, dass er sich über die Gäste viel weniger freute als der vorjährige Graf und dass er die Herren Offiziere nur deswegen eingeladen hatte, weil es nach seiner Ansicht der Anstand erforderte. Auch die Offiziere selbst hatten, während sie die mit einem weichen Teppich belegte Treppe hinaufgingen und seinen Worten lauschten, das Gefühl, dass sie nur darum eingeladen worden seien, weil es einfach unmöglich wäre, sie nicht einzuladen. Und als sie sahen, wie die Lakaien sich beeilten, auf der Treppe und im Vorzimmer Licht zu machen, hatten sie noch mehr den Eindruck, dass sie in dieses Haus nur Unruhe und Störung gebracht hätten. Kann man sich denn auch in einem Hause, wo sich, wohl anlässlich eines Familienfestes, zwei Schwestern mit Kindern, Brüder und Nachbarn versammelt haben, über den Besuch von neunzehn unbekannten Offizieren freuen?

Oben wurden die Gäste von einer schlanken alten Dame, mit länglichem Gesicht und schwarzen Brauen, die der Kaiserin Eugenie auffallend ähnlich sah, empfangen. Sie lächelte ihnen freundlich und majestätisch zu, sagte, wie froh und glücklich sie sei, die Gäste bei sich zu sehen, und entschuldigte sich, dass ihr Mann und sie leider nicht die Möglichkeit hätten, den Herren Offizieren Nachtquartier anzubieten. Man konnte ihrem schönen und majestätischen Lächeln, das jedes Mal verschwand, wenn sie ihr Gesicht von den Gästen wegwandte, anmerken, dass sie in ihrem Leben schon viele Herren Offiziere gesehen und jetzt wichtigere Dinge im Kopfe hatte; wenn sie sie aber dennoch eingeladen hätte, so nur aus dem Grunde, weil es ihre gute Erziehung und ihre gesellschaftliche Position erforderten.

Im großen Speisezimmer, wohin die Offiziere zuerst geleitet wurden, saßen an dem einen Ende des langen Teetisches an die zehn ältere und jüngere Herren und Damen. Im Hintergrunde war in einer leichten Wolke von Zigarrenrauch eine Gruppe von Herren zu erkennen; in der Mitte dieser Gruppe stand ein hagerer junger Mann mit rotem Backenbart und erzählte schnarrend und ziemlich laut etwas auf Englisch. Hinter dieser Gruppe war durch die offene Türe ein hellerleuchtetes Zimmer mit blauen Möbeln zu sehen.

»Meine Herren, Ihrer sind so viele, dass es ganz unmöglich ist, jeden Einzelnen vorzustellen!«, sagte der General laut, indem er sich Mühe gab, möglichst lustig zu erscheinen. »Meine Herren, stellen Sie sich doch selbst vor!«

Die Offiziere verbeugten sich, die einen mit sehr ernsten, sogar strengen Gesichtern, die andern mit gezwungenem Lächeln, doch alle in ziemlicher Verlegenheit, und nahmen am Teetische Platz.

Am verlegensten fühlte sich der Stabskapitän Rjabowitsch, ein kleingewachsener Offizier mit etwas gekrümmtem Rücken, einem Backenbart, der an den eines Luchses erinnerte, und bebrillten Augen. Während seine Kameraden ernste Gesichter machten oder gezwungen lächelten, schienen sein Luchsbackenbart und seine Brille zu sagen: »Ich bin der schüchternste, bescheidenste und farbloseste Offizier in der ganzen Brigade!« In der ersten Zeit, nachdem er ins Speisezimmer eingetreten war und am Teetische Platz genommen hatte, konnte er seine Aufmerksamkeit unmöglich auf irgendein bestimmtes Gesicht oder Ding konzentrieren. Die Gesichter und Toiletten, die geschliffenen Kognakkaraffen, der Dampf, der von den Teegläsern aufstieg, und die Stuckdecke – alles vereinigte sich zu einem einzigen, ungeheuren Eindruck, der Rjabowitsch mit Unruhe erfüllte und ihm den Wunsch eingab, seinen Kopf irgendwo zu vergraben. Gleich einem Redner, der zum ersten Mal vors Publikum tritt, sah er wohl alle Dinge, die sich vor seinen Augen befanden, konnte aber zugleich den Sinn und die Bedeutung dieser Dinge fast gar nicht erfassen: die Physiologen nennen diesen Zustand, wenn man alles sieht, doch nicht begreift, »psychische Blindheit«. Etwas später, als er sich an die Umgebung gewöhnt hatte, hörte diese Blindheit auf, und Rjabowitsch begann zu beobachten. Da er sehr schüchtern und in Gesellschaft stets verlegen war, fiel ihm vor allen Dingen das auf, was ihm selbst am meisten abging: nämlich die ungewöhnliche Kühnheit seiner neuen Bekannten. Herr von Rabbeck, seine Gattin, zwei ältere Damen, ein junges Mädchen in fliederfarbenem Kleide und der junge Mann mit dem roten Backenbart, der sich als der jüngste Sohn des Hauses entpuppte, nahmen mit geschickt verteilten Rollen, als ob sie es zuvor geprobt hätten, unter den Offizieren Platz und begannen sofort eine lebhafte Diskussion, an der sich die Gäste, ob sie wollten oder nicht, beteiligen mussten. Das fliederfarbene Fräulein behauptete mit großem Eifer, dass die Artilleristen es besser hätten als die Kavalleristen und Infanteristen, während von Rabbeck und die älteren Damen den entgegengesetzten Standpunkt vertraten. So kam ein allgemeines Gespräch zustande. Rjabowitsch sah fortwährend das fliederfarbene Fräulein an, das mit großem Eifer über Dinge sprach, die ihr fremd waren und sie nicht im geringsten interessierten, und beobachtete, wie auf ihrem Gesicht ein gekünsteltes Lächeln nach dem andern erschien und wieder verschwand.

Herr von Rabbeck und seine Angehörigen zogen die Offiziere mit großem Geschick in die Diskussion herein und gaben zugleich auch auf ihre Gläser und Münder acht: ob alle tranken, ob alle Zucker hatten und warum der eine kein Gebäck und der andere keinen Kognak genommen hatte. Und je mehr Rjabowitsch hinsah und zuhörte, um so mehr gefiel ihm diese unaufrichtige, doch glänzend disziplinierte Familie.

Nach dem Tee gingen die Offiziere in den großen Saal hinüber. Oberleutnant Lobytko hatte sich nicht geirrt: hier gab es viele junge Mädchen und junge Frauen. Der Setter stand bereits vor einer jungen Blonden in Schwarz, den Oberkörper so gewendet, als ob er sich auf einen unsichtbaren Säbel stützte, lächelte und kokettierte drauflos. Er redete wohl irgendeinen sehr interessanten Unsinn, denn die Blonde blickte etwas herablassend auf sein sattes Gesicht und fragte ab und zu mit gleichgültiger Stimme: »Nein, wirklich?« Aus diesem leidenschaftslosen »Nein, wirklich?«, hätte der Setter, wenn er klug wäre, schließen können, dass sie ihm wohl kaum »Fass!«, zurufen würde.

Plötzlich ertönte das Klavier; ein langsamer Walzer schwebte durch die offenen Fenster hinaus, und allen fiel es auf einmal ein, dass draußen Frühling und ein Maiabend war. Alle fühlten plötzlich den Duft von jungen Pappeln, Rosen und Flieder. Rjabowitsch, der von der Musik und auch vom Kognak etwas berauscht war, schielte nach dem Fenster und begann die Bewegungen der Damen mit seinen Blicken zu verfolgen; es war ihm, als ob der Duft der Pappeln, Rosen und des Flieders nicht aus dem Garten käme, sondern den weiblichen Gesichtern und Kleidern entströme.

Der junge von Rabbeck forderte eine sehr magere Dame zum Tanz auf und machte mit ihr zwei Touren durch den Saal. Lobytko flog, über das Parkett gleitend, auf das fliederfarbene

Fräulein zu und raste mit ihr dahin. Nun begannen alle zu tanzen … Rjabowitsch stand bei der Tür mit noch einigen Nichttänzern und beobachtete. Er hatte in seinem Leben noch kein einziges Mal getanzt und niemals die Taille einer anständigan Dame umfasst. Es gefiel ihm so sehr, wenn ein Mann ganz ungeniert und vor aller Augen ein ihm unbekanntes junges Mädchen um die Taille nahm, und sie ihm ihre Hand auf die Schulter legte; es war ihm aber unmöglich, sich selbst in die Lage dieses Mannes zu versetzen. Früher beneidete er in solchen Fällen seine kühnen und ungestümen Kameraden und empfand tiefes Herzeleid; das Bewusstsein, dass er schüchtern und farblos sei, einen gekrümmten Rücken, eine viel zu lange Taille und einen Luchsbackenbart habe, kränkte ihn; doch mit den Jahren gewöhnte er sich an dieses Gefühl, und wenn er jetzt jemand tanzen oder sich lebhaft mit einer Dame unterhalten sah, so beneidete er ihn nicht mehr, sondern lächelte nur traurig vor sich hin.

Als die Quadrille begann, kam der junge von Rabbeck auf die Nichttänzer zu und forderte zwei Offiziere zu einer Partie Billard auf. Die Offiziere nahmen die Einladung an und gingen mit ihm aus dem Saal. Rjabowitsch wollte doch wenigstens irgendwelchen Anteil an der allgemeinen Bewegung nehmen und ging ihnen nach. Aus dem Tanzsaal kamen sie in einen Salon und dann durch einen schmalen Glaskorridor in ein Zimmer, wo bei ihrem Erscheinen drei verschlafene Lakaien von einem Sofa aufsprangen. Nach einer weiteren Reihe von Räumen kamen sie endlich in ein Zimmer, wo ein Billard stand, und das Spiel begann.

Rjabowitsch, der in seinem Leben nichts außer Karten gespielt hatte, stand neben dem Billard und betrachtete gleichgültig die Spielenden, die in aufgeknöpften Röcken, mit den Queues in der Hand, um den Tisch herumgingen, Witze machten und unverständliche Ausdrücke gebrauchten. Die Spielenden sahen ihn gar nicht, und nur zuweilen, wenn sie ihn zufällig mit dem Ellenbogen oder mit dem Queue stießen, wandten sie sich nach ihm um und sagten: »Pardon!« Die erste Partie war noch nicht zu Ende, Rjabowitsch spürte aber bereits Langeweile und hatte das

Gefühl, dass er hier überflüssig und allen im Wege sei. Er wollte in den Tanzsaal zurück und verließ das Billardzimmer.

Auf dem Rückwege erlebte er ein kleines Abenteuer. Als er durch einige Zimmer gekommen war, merkte er plötzlich, dass er eine falsche Richtung eingeschlagen hatte. Er wusste bestimmt, dass er unterwegs drei verschlafenen Lakaien begegnen müsse; er war aber bereits durch fünf oder sechs Zimmer gekommen, und von den Lakaien war nichts zu sehen. Als er seinen Irrtum merkte, ging er ein wenig zurück, schlug den Weg nach rechts ein und stand plötzlich in einem halbdunklen Kabinett, das er auf dem Wege zum Billardzimmer ganz sicher nicht passiert hatte; nachdem er hier eine halbe Minute unentschlossen gestanden hatte, machte er aufs Geradewohl die erste Tür auf und kam in ein vollkommen dunkles Zimmer. Im Hintergrunde fiel durch eine Türritze grelles Licht herein, und hinter der Tür tönte dumpf eine traurige Mazurka. Die Fenster standen hier wie im Tanzsaale offen, und es duftete nach Pappellaub, Rosen und Flieder …

Rjabowitsch blieb unentschlossen stehen. Plötzlich hörte er schnelle Schritte und das Rascheln eines Kleides; eine erregte Frauenstimme flüsterte: »Endlich!«, und zwei weiche, duftende, zweifellos weibliche Arme umschlangen seinen Hals; eine warme Wange schmiegte sich an seine Wange, und gleichzeitig spürte er auf seinem Gesicht einen Kuss. Im gleichen Augenblick stieß die Küssende einen leisen Schrei aus und taumelte, wie es Rjabowitsch schien, angeekelt von ihm zurück. Auch er selbst schrie beinahe auf und stürzte zu der Tür, durch deren Ritze das helle Licht einfiel …

Als er in den Saal zurückkehrte, hatte er heftiges Herzklopfen, und seine Hände zitterten so sehr, dass er sie im Rücken verbergen musste. In den ersten Augenblicken hatte er das quälende Gefühl, es müsse allen Anwesenden bekannt sein, dass ihn soeben eine Dame umarmt und geküsst hatte; er zitterte und blickte unruhig nach allen Seiten; als er sich aber überzeugt hatte, dass alle ruhig weitertanzten und plauderten, gab er sich ganz dem neuen Gefühl hin. Es war ihm so eigen zumute … Auf seinem

Halse, den soeben die weichen, duftenden Arme umschlungen hatten, hatte er ein eigentümliches öliges Gefühl; auf der Wange am linken Schnurrbart, wo ihn die Unbekannte geküsst hatte, empfand er eine leichte, angenehme Kühle, wie sie von Pfefferminztropfen hervorgerufen wird, und je länger er diese Stelle rieb, um so deutlicher spürte er diese Kühle; sein ganzer Körper vom Scheitel bis zur Sohle war von einem neuen eigentümlichen Gefühl erfüllt, das immer stärker und mächtiger wurde … Nun wollte er plötzlich tanzen, plaudern, in den Garten hinausrennen, laut lachen … Er hatte vollkommen vergessen, dass er farblos war, eine schlechte Haltung, einen Luchsbackenbart und ein »unbestimmtes Äußeres« hatte (so wurde einmal sein Äußeres in einem Damengespräch bezeichnet, dem er zufällig zugehört hatte). Als an ihm Frau von Rabbeck vorbeiging, lächelte er ihr so auffällig zu, dass sie stehen blieb und ihn fragend ansah.

»Ihr Haus gefällt mir ganz ungemein!«, sagte er, seine Brille zurechtrückend.

Die Generalin lächelte und erzählte ihm, dass dieses Haus noch ihrem Vater gehört habe; dann fragte sie ihn, ob seine Eltern noch am Leben seien und warum er so mager sei. Nachdem sie auf alle diese Fragen Antwort erhalten hatte, setzte sie ihren Weg fort; Rjabowitsch lächelte aber noch freundlicher und war überzeugt, dass er von lauter vortrefflichen Menschen umgeben sei …

Beim Souper aß er mechanisch alles, was man ihm vorsetzte, trank sehr viel, hörte nichts von dem, was um ihn vorging, und gab sich Mühe, eine Erklärung für sein Abenteuer zu finden … Das Abenteuer trug einen geheimnisvollen und romantischen Charakter, war aber nicht so schwer zu erklären. Irgend ein junges Mädchen oder auch eine junge Dame hatte wohl jemanden zu einem Rendezvous ins dunkle Zimmer bestellt, hatte wohl lange gewartet und in ihrer Aufregung Rjabowitsch für ihren Helden gehalten; das war um so wahrscheinlicher, als er in diesem Augenblick unentschlossen stehen geblieben war, also das Aussehen eines Menschen hatte, der gleichfalls auf etwas wartete … So erklärte sich Rjabowitsch den Kuss.

»Wer mag sie sein?«, fragte er sich, die anwesenden Damen musternd. »Sie muss jung sein, denn eine Alte bestellt doch niemanden zu einem Stelldichein. Dass es sich nur um eine wirkliche, gebildete Dame handeln kann, war schon aus dem Rascheln ihres Kleides, aus ihrer Stimme und dem Duft zu ersehen …«

Er richtete seinen Blick auf das fliederfarbene Fräulein; sie gefiel ihm nicht übel; sie hatte hübsche Schultern und Arme, ein kluges Gesicht und eine wohltönende Stimme. Während Rjabowitsch sie ansah, hatte er den Wunsch, dass sie und keine andere jene Unbekannte sein möchte … Plötzlich lachte sie auffallend unnatürlich auf und rümpfte ihre lange Nase, die, wie Rjabowitsch glaubte, darauf schließen ließ, dass die Dame nicht mehr so jung war. Nun richtete er seinen Blick auf die Blonde in Schwarz. Diese schien jünger, natürlicher und aufrichtiger, hatte reizende Schläfen und hielt das Likörglas sehr graziös in der Hand. Nun redete sich Rjabowitsch ein, dass es diese gewesen sein müsse. Bald fand er aber, dass ihr Gesicht eigentlich recht flach sei, und lenkte seinen Blick auf ihre Nachbarin …

»Es ist furchtbar schwer zu erraten«, sagte er sich nachdenklich. »Wenn man von der Fliederfarbenen nur die Schultern und Arme nehmen könnte und dazu die Schläfen der Blonden und die Augen dieser da, die links von Lobytko sitzt, so …«

Er versuchte, diese Vereinigung im Geiste herzustellen und erhielt auf diese Weise das Bild des jungen Mädchens, das ihn geküsst hatte, das Bild, das er mit solcher Sehnsucht suchte und unmöglich finden konnte …

Nach dem Souper bedankten sich die Gäste, die satt und etwas berauscht waren, bei den Gastgebern und nahmen Abschied. Die Rabbecks begannen sich wieder zu entschuldigen, dass sie die Gäste nicht zur Nacht behalten könnten.

»Es hat mich außerordentlich gefreut, meine Herren!«, sagte der General, diesmal aufrichtig (die meisten Menschen sind ja, wenn sie ihre Gäste hinausbegleiten, viel aufrichtiger und besser, als wenn sie sie empfangen). »Es hat mich ganz außerordentlich gefreut! Wir bitten Sie sehr, uns auch auf dem Rückwege zu besuchen! Bitte ganz ungeniert! Ja, wo wollen Sie denn hin? Sie wollen den oberen Weg nehmen? Nein, gehen Sie doch durch den Park, den unteren Weg, der ist viel näher.«

Die Offiziere gingen durch den Park. Nach dem grellen Licht und dem Lärm im Hause kam es ihnen im Parke sehr dunkel und still vor. Bevor sie den Parkausgang erreicht hatten, sprach keiner von ihnen ein Wort. Sie waren leicht angeheitert, lustig und zufrieden, aber das Dunkel und die Stille stimmten sie für einige Augenblicke nachdenklich. Ein jeder von ihnen hatte wohl den gleichen Gedanken, der auch Rjabowitsch gekommen war; ob sie einmal auch die Zeit erleben, wo sie, gleich diesem von Rabbeck, ein großes Haus, eine Familie und einen Park haben werden? Ob auch sie einmal in die Lage kommen, fremde Menschen mit einer angenehmen, wenn auch unaufrichtigen Gastfreundlichkeit zu empfangen und sie satt, berauscht und zufrieden zu machen?

Kaum hatten sie die Parktür hinter sich, als plötzlich alle gleichzeitig zu sprechen und ohne jeden Grund zu lachen anfingen. Jetzt nahmen sie den Fußpfad, der sie zum Flusse hinabführte, dann dicht am Ufer entlanglief und um jeden Strauch, jedes von Wasser ausgespülte Loch und jede Bachweide einen Bogen machte. Das Ufer und der Fußpfad waren im Dunkeln kaum zu sehen, und das andere Ufer verschwand vollkommen in der Finsternis. Hie und da spiegelten sich im schwarzen Wasser die Sterne; sie zitterten und zerflossen, und nur daraus konnte man schließen, dass der Fluss eine schnelle Strömung hatte. Alles war still. Auf dem jenseitigen Ufer stöhnten verschlafene Schnepfen, und diesseits schlug in einem Busch sehr laut eine Nachtigall, ohne der Offiziersgesellschaft auch die geringste Beachtung zu schenken. Die Offiziere blieben für einen Augenblick vor dem Busch stehen, berührten ihn sogar, aber die Nachtigall ließ sich dadurch nicht stören.

»Die ist nicht übel!«, riefen einige anerkennende Stimmen. »Wir stehen dicht dabei, und sie macht sich nichts draus! So frech!«

Der Pfad stieg plötzlich hinauf und mündete bei der Kirchenmauer in die Landstraße. Hier machten die Offiziere, die vom Steigen etwas ermüdet waren, halt, setzten sich hin und steckten sich Zigaretten an. Jenseits des Flusses wurde plötzlich ein rotes, trübes Flämmchen sichtbar, und die Offiziere diskutierten, da sie doch nichts Besseres zu tun hatten, eine Zeitlang über die Frage, ob es ein Feuer im freien Felde, ein erleuchtetes Fenster oder irgend etwas anderes sei. Rjabowitsch sah gleich den anderen auf die Flamme, und es schien ihm, dass sie ihm zulächelte und zuwinkte mit einem Ausdruck, als ob sie vom Kuss wüsste.

Als Rjabowitsch in sein Quartier kam, zog er sich sehr schnell aus und legte sich hin. In der gleichen Bauernstube waren außer ihm Lobytko und Oberleutnant Mersljakow einquartiert; der Letztere war ein stiller, wortkarger Bursche, der in seinem Kreise für sehr gebildet galt und überall, wo es nur möglich war, den »Europäischen Boten« las, dessen neuestes Heft er stets mit sich führte. Lobytko zog sich aus, ging lange mit dem Ausdruck eines Menschen, der irgendwie unbefriedigt ist, auf und ab und schickte schließlich den Burschen nach Bier. Mersljakow legte sich hin, zündete eine Kerze an und vertiefte sich in den »Europäischen Boten«.

»Wer mag sie sein?«, fragte sich Rjabowitsch, zur verrauchten Decke emporblickend.

Am Halse hatte er noch immer das ölige Gefühl, und die Wange am Munde war wie mit Pfefferminztropfen betupft. In seiner Phantasie flimmerten die Schultern und Arme der Fliederfarbenen, die Schläfen und die aufrichtigen Augen der Blonden in Schwarz, Taillen, Toiletten und Broschen. Er bemühte sich, seine Aufmerksamkeit auf einem dieser Bilder festzuhalten, doch die Bilder hüpften, zerflossen und flimmerten. Und wenn sie auf dem weiten schwarzen Hintergrunde, den jeder Mensch sieht, wenn er die Augen schließt, verschwanden, so hörte er hastige Schritte, das Rascheln eines Kleides und den Laut eines Kusses, und eine große, grundlose Freude bemächtigte sich seiner … Während er sich dieser Freude hingab, hörte er, wie der Bursche zurückkam und meldete, dass kein Bier aufzutreiben sei. Lobytko war sehr empört und begann wieder auf und ab zu gehen.

»Ist er denn kein Idiot?«, fragte er, bald vor Rjabowitsch und bald vor Mersljakow stehen bleibend. »Man muss doch wirklich ein vollkommener Trottel sein, um kein Bier auftreiben zu können! Was glauben Sie? Ist er denn keine Kanaille?«

»Selbstverständlich ist hier kein Bier aufzutreiben«, versetzte Mersljakow, ohne seine Augen vom »Europäischen Boten« loszureißen.

»So? Das ist Ihre Meinung?«, drang Lobytko auf ihn ein. »Du lieber Gott! Wenn Sie mich jetzt auf den Mond bringen, so treibe ich Ihnen augenblicklich Bier und Weiber auf! Gleich gehe ich aus und hole Bier … Sie können mich einen Schurken nennen, wenn ich kein Bier bringe!«

Er brauchte sehr viel Zeit, um sich anzukleiden und seine langen Stiefel anzuziehen. Dann rauchte er schweigend eine Zigarette und machte sich auf den Weg.

»Rabbeck, Grabbeck, Labbeck«, murmelte er vor sich hin, im Flure stehen bleibend. »Ich habe keine Lust, allein zu gehen. Rjabowitsch, wollen Sie nicht einen kleinen Spaziergang machen? Wie?«

Er bekam keine Antwort, kehrte um, zog sich langsam aus und legte sich hin. Mersljakow seufzte auf, legte den »Europäischen Boten« weg und blies die Kerze aus.

»Ja, ja, ja …«, murmelte Lobytko und steckte sich im Finstern eine neue Zigarette an.

Rjabowitsch zog sich die Bettdecke über den Kopf, rollte sich zusammen und versuchte, die vor ihm schwebenden Bilder zu sammeln und zu einem Ganzen zu verbinden. Es wollte aber dabei nichts herauskommen. Bald schlief er ein, und sein letzter Gedanke war, dass er heute etwas sehr Liebes und Freudiges erfahren hatte, dass in seinem Leben etwas Ungewöhnliches, Lächerliches und doch Gutes geschehen war. Dieser Gedanke verließ ihn auch im Traume nicht.

Als er erwachte, waren das ölige Gefühl am Halse und die

Kühle an der Wange bereits verschwunden, aber ein ungeheures Freudegefühl durchbebte noch immer seine Brust. Er blickte entzückt auf die von der aufgehenden Sonne vergoldeten Fensterrahmen und lauschte den Geräuschen, die von draußen kamen. Dicht vor dem Fenster wurde sehr laut gesprochen. Sein Batteriechef Lebedizkij, der die Brigade erst eben eingeholt hatte, unterhielt sich mit dem Feldwebel. Er schrie, weil er nicht gewohnt war, leise zu sprechen:

»Und was gibt's noch?«

»Der Hufschmied hat gestern den ›Golubtschik‹ vernagelt. Der Feldscher hat ihm einen Umschlag von Ton und Essig gemacht. Jetzt führt man das Pferd langsam am Zaume nach. Dann hat sich gestern der Arbeitssoldat Artemjew einen Rausch angetrunken, und der Herr Oberleutnant befahlen, ihn auf die Protze der Reserve-Lafette zu setzen.«

Der Feldwebel meldete noch, dass Karpow die neuen Trompetenschnüre und Zeltstöcke vergessen hatte und dass die Herren Offiziere gestern Abend bei General von Rabbeck zu Besuch gewesen waren. Plötzlich erschien Lebedizkijs Kopf mit dem roten Vollbart im Fensterrahmen. Er kniff seine kurzsichtigen Augen zusammen, blickte auf die verschlafenen Offiziere und wünschte ihnen guten Morgen.

»Ist sonst alles in Ordnung?«, fragte er sie.

»Das Stangenpferd hat sich mit dem neuen Kummet den Widerrist wundgerieben«, antwortete Lobytko gähnend.

Der Batteriechef seufzte, dachte eine Weile nach und sagte sehr laut:

»Ich habe noch die Absicht, Alexandra Jewgrafowna zu besuchen. Ich muss doch nachschauen, was sie macht. Leben Sie wohl. Gegen Abend hole ich Sie wieder ein.«

Eine Viertelstunde später setzte sich die Brigade in Bewegung. Als sie durch die Landstraße an den Rabbeck'schen Getreidespeichern vorüberzog, warf Rjabowitsch einen Blick auf das Herrenhaus. Die Fensterläden waren noch geschlossen. Alles im Hause schien zu schlafen. Auch die, die ihn gestern geküsst hatte, schlief wohl noch. Er versuchte, sie sich schlafend vorzustellen. Ein offenes Schlafzimmerfenster, in das grüne Äste hineinschauen, Morgenfrische, Duft von jungen Pappeln, Flieder und Rosen, ein Bett, ein Stuhl, und auf dem Stuhle das Kleid, das gestern geraschelt hatte, Pantöffelchen vor dem Bett, eine kleine Uhr auf dem Nachttisch – das alles konnte er sich klar und deutlich vorstellen; aber die Gesichtszüge, das liebe schläfrige Lächeln, also gerade das, was wichtig und wesentlich war, entglitt seiner Vorstellungskraft, wie Quecksilber den Fingern entgleitet. Nach einer halben Werst sah er noch einmal zurück: die gelbe Kirche, das Herrenhaus, der Fluss und der Park waren vom Sonnenlicht übergossen; der Fluss mit seinen grünen Ufern spiegelte den blauen Himmel und flimmerte stellenweise silbern in der Sonne. Rjabowitsch blickte zum letzten Mal auf Mestetschki zurück, und ihm wurde plötzlich so traurig zumute, als ob er sich von etwas Liebem und Trautem losgerissen hätte.

Unterwegs zogen vor seinen Augen lauter altbekannte, durchaus uninteressante Bilder vorbei ... Rechts und links der Straße breiteten sich Korn- und Buchweizenfelder aus, in denen Saatkrähen herumhüpften; wenn er vorwärts blickte, sah er nur Staub und Soldatennacken: blickte er zurück, so sah er den gleichen Staub und Soldatengesichter ... An der Spitze schreiten vier Mann mit geschulterten Säbeln; sie bilden die Avantgarde. Ihnen folgen die Sänger, und nach diesen kommen die berittenen Trompeter. Die Avantgarde und die Sänger vergessen, wie die Fackelträger in einem Leichenzuge, jeden Augenblick die vorgeschriebene Distanz und gehen viel zu weit voraus ... Rjabowitsch reitet neben dem ersten Geschütz der fünften Batterie. Er kann alle vier Batterien, die vor ihm fahren, überblicken. Einem Nichtmilitär erscheint dieser lange, schwerfällige Zug, den eine Brigade während des Marsches bildet, als ein kompliziertes und unverständliches Durcheinander; man kann nicht begreifen, warum einem jeden Geschütz so viel Menschen folgen und warum es von so vielen Pferden in sonderbarem Geschirr geschleppt wird; das Geschütz scheint ja gar nicht so schrecklich und schwer! Rjabowitsch kennt das alles und findet es gar nicht interessant. Er weiß längst, warum an der Spitze einer jeden Batterie neben dem Offizier ein behäbiger Feuerwerker reitet und warum dieser der Geschützführer heißt; nach diesem Feuerwerker kommen die Fahrer. Rjabowitsch weiß, dass die Pferde links, auf denen die Fahrer sitzen, Sattelpferde und die Pferde rechts – Handpferde heißen, und das interessiert ihn gar nicht mehr. Dem ersten Fahrer folgen die beiden Stangenpferde. Auf dem einen von ihnen sitzt wieder ein Fahrer mit dem gestrigen Staub auf dem Rücken und einem plumpen, komischen Holzklotz am rechten Knie; Rjabowitsch kennt auch die Bestimmung dieses Klotzes, und er erscheint ihm gar nicht komisch. Alle Fahrer schwingen mechanisch die Peitschen und schreien ab und zu die Pferde an. Das Geschütz selbst ist eigentlich unschön. Auf der Protze liegen unter einer wasserdichten Decke Hafersäcke; das Geschütz selbst ist über und über mit Teekesseln, Brotbeuteln und allerei Säckchen behangen und macht den Eindruck eines kleinen harmlosen Tieres, das, man weiß nicht, warum, von so viel Menschen und Pferden umringt ist. Neben dem Geschütz, an seiner windgeschützten Seite, marschieren, mit den Händen schlenkernd, sechs Mann Bedienungsmannschaften. Nach dem ersten Geschütz kommen neue Geschützführer, Fahrer, Stangenpferde, und ihnen folgt ein zweites Geschütz, das ebenso unschön und unimposant ist wie das erste. Dem zweiten Geschütz folgt das dritte, und diesem das vierte; beim vierten Geschütz reitet ein Offizier. Die Brigade besteht aus sechs Batterien, und jede Batterie aus vier Geschützen. Der ganze Zug ist etwa eine halbe Werst lang. Zuletzt kommt der Train, dem nachdenklich, den Kopf mit den langen Ohren gesenkt, ein höchst sympathisches Geschöpf folgt: der Esel Magar, den irgendein Batteriechef einmal aus der Türkei mitgebracht hat.

Rjabowitsch blickte gleichgültig vorwärts und rückwärts, auf die Nacken und auf die Gesichter der Soldaten; sonst wäre er imstande, ein wenig einzunicken, aber heute war er zu sehr mit seinen neuen, angenehmen Gedanken beschäftigt. Anfangs, als die

Brigade erst eben ausmarschiert war, suchte er sich einzureden, dass die Geschichte mit dem Kuss höchstens nur als ein kleines, geheimnisvolles Abenteuer aufzufassen sei, dass sie im Grunde genommen nicht die geringste Bedeutung habe und dass es zumindest dumm von ihm wäre, sie ernst zu nehmen; schließlich verzichtete er aber auf jede Logik und gab sich ganz den Traumbildern hin … Bald sah er sich im Salon der Rabbecks, an der Seite eines Mädchens, das zugleich der Fliederfarbenen und der Blonden in Schwarz glich; bald erschien vor seinen geschlossenen Augen ein ganz anderes, ihm völlig unbekanntes junges Mädchen, mit unbestimmten Gesichtszügen; er malte sich aus, wie er mit ihr spreche, sie liebkose, sich zu ihrer Schulter neige; stellte sich einen Krieg vor, den Abschied von ihr, dann die Rückkehr aus dem Felde, das erste Abendessen mit der Gattin und den Kindern …

»Zu den Stranghölzern!«, dröhnte das Kommando, so oft die Straße bergab ging.

Rjabowitsch schrie wie die andern »Zu den Stranghölzern!«, und fürchtete, dass dieser Schrei seine Gedankenkette zerreißen und ihn in die Wirklichkeit zurückversetzen würde …

Der Weg ging an einem Herrschaftsgute vorbei, und Rjabowitsch warf einen Blick über den Zaun in den Garten. Er sah eine schnurgerade, mit gelbem Sand bestreute, von jungen Birken eingefasste Allee. Sofort stellte er sich ein Paar kleine Frauenfüße vor, die über diesen gelben Sand schritten, und plötzlich stand in seiner Phantasie diejenige, die ihn gestern geküsst und die er sich beim Souper unmöglich hatte vorstellen können, klar und lebendig da. Dieses Bild blieb in seinem Gehirn und verließ ihn nicht mehr.

Um die Mittagsstunde erklang plötzlich hinten beim Train der Ruf:

»Achtung! Augen links! Die Herren Offiziere!«

In einer mit zwei weißen Pferden bespannten Equipage fuhr der Brigadier vorbei. Bei der zweiten Batterie ließ er halten und schrie etwas, was kein Mensch verstehen konnte. Mehrere Offiziere, darunter auch Rjabowitsch, galoppierten auf ihn zu.

»Nun, wie steht's?«, fragte der kleine und hagere General, mit den roten Augen zwinkernd. »Gibt's Kranke?«

Nachdem er die Antwort bekommen hatte, machte er einige kauende Bewegungen mit den Kiefern, dachte eine Weile nach und wandte sich schließlich an einen der Offiziere:

»Der zweite Fahrer am dritten Geschütz hat sich den Kniebügel abgenommen und an die Protze gehängt. Bestrafen Sie die Kanaille!«

Dann blickte er auf Rjabowitsch und sagte:

»Bei Ihren Pferden sind, glaube ich, die Schwanzriemen zu lang ...«

Nach einigen weiteren langweiligen Bemerkungen richtete der General seinen Blick auf Lobytko und lächelte.

»Oberleutnant Lobytko, Sie sehen so traurig aus«, sagte er. »Sie sehnen sich wohl nach Frau Lopuchow? Wie? Meine Herren, er sehnt sich doch nach der Lopuchow?«

Die Lopuchow war eine sehr korpulente und sehr groß gewachsene Dame, weit über vierzig. Der General, der eine Vorliebe für große Damen, ganz gleich welchen Alters, hatte, verdächtigte auch alle seine Offiziere der gleichen Schwäche. Die Offiziere lächelten devot. Der Brigadier war sichtlich zufrieden, dass er etwas sehr Komisches und Anzügliches gesagt habe, lachte laut auf, tippte seinen Kutscher in den Rücken und salutierte. Die Equipage fuhr weiter ...

»Alles, was jetzt meine Phantasie beschäftigt und was mir so unmöglich und überirdisch erscheint, ist im Grunde genommen recht gewöhnlich«, sagte sich Rjabowitsch, den Staubwolken nachblickend, die die Generalsequipage begleiteten. »Es ist gewöhnlich und passiert einem jeden ... Auch dieser General, zum Beispiel, hat wohl seinerzeit geliebt; jetzt ist er verheiratet und hat Kinder. Hauptmann Wachter ist gleichfalls verheiratet, und seine Frau liebt ihn, obwohl er einen hässlichen roten Hals und gar keine Taille hat ... Salmanow ist roh und ein zu ausgesprochener Tatare; trotzdem hat er einen Roman gehabt, der zu einer Heirat führte ... Ich bin wie die anderen und werde früher oder später das Gleiche erleben ...«

Der Gedanke, dass er ein gewöhnlicher Mensch und dass auch sein Leben gewöhnlich sei, wirkte auf ihn ermutigend. Nun begann er sich, sie und sein Glück ganz kühn auszumalen, ohne seiner Einbildungskraft irgendwelche Schranken aufzuerlegen.

Gegen Abend erreichte die Brigade das Sommerlager. Die Offiziere ruhten in den Zelten aus, und Rjabowitsch, Mersljakow und Lobytko saßen um einen Koffer herum und aßen zu Abend. Mersljakow aß ohne Übereilung, zerkaute jeden Bissen sehr langsam und las in seinem »Europäischen Boten«, den er während des Essens auf den Knien hielt. Lobytko redete ununterbrochen und schenkte sich immer wieder Bier ein; Rjabowitsch, der nach all den Gedanken, die ihn den ganzen Tag beschäftigt hatten, wie benebelt war, schwieg und trank. Nach drei Glas Bier war er schon berauscht, und plötzlich überkam ihn das Verlangen, die Kameraden in sein Erlebnis einzuweihen.

»Gestern bei den Rabbecks passierte mir etwas Sonderbares«, begann er, indem er sich Mühe gab, einen gleichgültigen und sogar scherzenden Ton anzuschlagen. »Wissen Sie, ich komme ins Billardzimmer ...«

Er begann die Geschichte vom Kuss sehr ausführlich zu erzählen und war schon nach einer Minute fertig ... In dieser Minute hatte er bereits alles erzählt, und er staunte darüber, dass der ganze Bericht so wenig Zeit in Anspruch nahm. Er hatte geglaubt, dass er von diesem Kuss bis zum nächsten Morgen erzählen können werde. Als er fertig war, sah ihn Lobytko, der häufig log und darum keinem Menschen glaubte, mißtrauisch an und lächelte. Mersljakow bewegte seine Augenbrauen und sagte ruhig, ohne den Blick vom »Europäischen Boten« zu wenden:

»Herrgott! Wie kann man einem so um den Hals fallen, ohne ihn wenigstens beim Namen zu rufen?! ... Es wird wohl eine Verrückte gewesen sein.«

»Ja, höchstwahrscheinlich eine Verrückte ...«, gab Rjabowitsch zu.

»Ich habe aber folgenden Fall erlebt«, sagte Lobytko, indem er plötzlich erschrockene Augen machte. »Im vorigen Jahre reiste ich einmal nach Kowno ... Nehme mir ein Billett II. Klasse ... Der Wagen ist überfüllt, und vom Einschlafen ist keine Rede. Ich gebe dem Kondukteur fünfzig Kopeken ... Er nimmt mein Gepäck und bringt mich in ein leeres, abgeschlossenes Coupé ... Ich lege mich hin und hülle mich in meine Decke ... Sie müssen sich vorstellen, dass es stockfinster ist. Plötzlich spüre ich, wie mich jemand an der Schulter berührt und mir ins Gesicht atmet. Ich hebe die Hand und stoße auf einen Ellenbogen ... Nun öffne ich die Augen und sehe vor mir, denken Sie sich nur, ein Weib! Schwarze Augen, die Lippen rot wie frischer Lachs, die Nüstern blähen sich vor Leidenschaft, der Busen ist wie ein Paar Puffer ...«

»Erlauben Sie einmal«, unterbrach ihn Mersljakow vollkommen ruhig. »Das mit dem Busen kann ich noch zugeben; aber wie konnten Sie ihre Lippen sehen, wenn es im Coupé stockfinster war?«

Lobytko versuchte, sich herauszulügen und spottete über den so begriffsstutzigen Mersljakow. Das widerte Rjabowitsch an. Er ging vom Koffer weg, legte sich hin und gab sich das Wort, nie wieder offenherzig zu sein.

Nun begann das Lagerleben ... Ein Tag folgte dem andern, und jeder Tag war wie der andere. Rjabowitsch benahm sich, fühlte und dachte wie ein Verliebter. Jeden Morgen, wenn ihm sein Bursche den Waschkrug brachte, und er sich kaltes Wasser über den Kopf goß, sagte er sich, dass in seinem Leben etwas Schönes und Leuchtendes geschehen sei.

Abends, wenn seine Kameraden von Liebe und Weibern sprachen, setzte er sich zu ihnen und hörte ihnen mit dem gleichen Gesichtsausdruck zu, mit dem die Soldaten den Bericht von einer Schlacht, an der sie selbst teilgenommen, hören. Und wenn die angeheiterten Herren Offiziere, mit dem Setter Lobytko an der Spitze, Eroberungszüge nach der nahen Vorstadt unternahmen, war Rjabowitsch, der an diesen galanten Unternehmungen teilnahm, jedes Mal sehr traurig, fühlte sich schuldbeladen und bat »sie« im Gedanken um Vergebung ... In Stunden des Nichtstuns und in schlaflosen Nächten, wenn ihm der Wunsch kam, an seine Kindheit, Vater und Mutter und alles, was ihm lieb und wert war, zu denken, so gedachte er auch jedes Mal des Dorfes Mestetschki, des seltsamen Pferdes, des Generals von Rabbeck, dessen Frau, die der Kaiserin Eugenie so ähnlich sah, des dunklen Zimmers und der grellerleuchteten Ritze in der Tür …

Am 31. August kehrte er aus dem Sommerlager in die Garnison zurück, doch nicht mit der ganzen Brigade, sondern mit nur zwei Batterien. Während des ganzen Marsches war er so aufgeregt, als ob er seine Heimat wiedersehen sollte. Er hatte das leidenschaftliche Verlangen, das seltsame Pferd, die Kirche, die unaufrichtige Familie der Rabbecks und das dunkle Zimmer wiederzusehen; »die innere Stimme«, die die Verliebten so oft betrügt, raunte ihm zu, dass er auch »sie« wiedersehen würde … Er quälte sich mit der Frage: Wie wird sich die Begegnung abspielen? Worüber wird er mit ihr sprechen? Ob sie sich noch an den Kuss erinnert? Und wenn er ihr schließlich gar nicht begegnen sollte (dachte er sich), so würde es doch immerhin angenehm sein, das dunkle Zimmer aufzusuchen und das Ganze noch einmal in Gedanken zu durchkosten …

Gegen Abend zeigten sich am Horizont die bekannte Kirche und die Getreidespeicher. Rjabowitsch bekam Herzklopfen … Er hörte nicht darauf, was ihm ein Kamerad, der an seiner Seite ritt, erzählte, und blickte gespannt auf den in der Ferne schimmernden Fluß, auf das Dach des Herrenhauses und den Taubenschlag, über dem, von der untergehenden Sonne beleuchtet, Tauben kreisten.

Als er schon vor der Kirche war und die Meldung des Quartiermachers entgegennahm, wartete er jeden Augenblick, dass hinter der Kirchenmauer der Reiter erscheinen und die Offiziere zu einer Tasse Tee einladen werde. Aber die Meldung des Quartiermachers war zu Ende, die Offiziere saßen ab und gingen ins Dorf, doch der Reiter ließ sich nicht blicken …

»Rabbeck wird bald von den Bauern erfahren, dass wir angekommen sind, und den Boten nach uns schicken«, dachte sich

Rjabowitsch, indem er in ein Bauernhaus eintrat. Er konnte nicht verstehen, warum sein Kamerad eine Kerze anzündete und die Burschen sich an den Samowars zu schaffen machten …

Eine schwere Unruhe bemächtigte sich seiner. Er legte sich hin, stand dann wieder auf und blickte zum Fenster hinaus, ob der Reiter noch nicht käme. Der Reiter kam nicht. Er legte sich hin, stand nach einer halben Stunde wieder auf und ging, von Unruhe getrieben, zur Kirche. Auf dem freien Platz vor der Kirchenmauer war es finster und einsam … Drei Soldaten standen dicht am Abhange und schwiegen. Als sie Rjabowitsch erblickten, fuhren sie auf und salutierten. Er erwiderte den Gruß und begann den bekannten Fußpfad hinunterzugehen.

Am andern Ufer war der ganze Himmel wie in Blut getaucht: der Mond ging eben auf; zwei Bauernweiber gingen, laut miteinander sprechend, in einem Gemüsegarten auf und ab und pflückten Kohlblätter; hinter den Gemüsegärten standen einige dunkle Bauernhäuser … Und auf dem Ufer, auf dem er sich befand, sah alles: der Fußpfad, das Gesträuch und die sich zum Wasser neigenden Bachweiden, genau so aus wie im Mai … Die freche Nachtigall ließ sich aber nicht mehr hören, und es duftete nicht mehr nach Pappellaub und jungem Gras.

Rjabowitsch kam zum Park und blickte hinein. Im Parke war es finster und still … Er konnte nur die weißen Stämme einiger Birken und den Anfang der Allee unterscheiden; alles andere war zu einer schwarzen Masse zusammengeflossen. Rjabowitsch lauschte und blickte gespannt in die Finsternis; nachdem er so eine Viertelstunde gestanden und gelauscht und weder einen Ton noch einen Lichtschein entdeckt hatte, machte er sich langsam auf den Rückweg …

Er ging ganz nahe zum Wasser heran. Vor ihm schimmerten weiß die Rabbeck'sche Badehütte und ein Badelaken, das am Brückengeländer aufgehängt war … Er stieg auf die Brücke, stand eine Weile ohne jeden Zweck da und berührte das Laken. Es fühlte sich rau und kalt an. Er blickte hinunter auf das Wasser … Es floss sehr schnell vorbei und rieselte kaum hörbar an den Pfählen der Badehütte. Der rote Mond spiegelte sich am linken Ufer; kleine Wellen liefen über das Spiegelbild hinweg, zerrissen es und wollten es gleichsam wegtragen …

»Wie dumm! Wie dumm!«, dachte sich Rjabowitsch, auf das dahinströmende Wasser blickend. »So furchtbar dumm!«

Jetzt, wo er nichts mehr erwartete, sah er die Geschichte mit dem Kuss, seine Ungeduld, seine unbestimmten Hoffnungen und seine Enttäuschung in einem neuen grellen Lichte. Es kam ihm nicht mehr sonderbar vor, dass der General keinen Reiter geschickt hatte und dass er diejenige, die zufällig ihn statt eines andern geküßt hatte, niemals wiedersehen sollte; im Gegenteil, es wäre sonderbar, wenn er sie wiedersähe …

Das Wasser lief, niemand wusste, wohin und wozu. Auch im Mai war es so gewesen; im Frühjahr kam das Wasser aus dem Flusse in den großen Strom, dann ins Meer, dann verdampfte es und wurde zu Regen, und nun floss vor Rjabowitschs Augen vielleicht wieder dasselbe Wasser … Wozu? Warum?

Und die ganze Welt und das ganze Leben erschienen ihm als ein unverständlicher und zweckloser Scherz … Als er aber seinen Blick vom Wasser losriss und zum Himmel hob, musste er wieder daran denken, wie ihn das Schicksal in Gestalt einer unbekannten Frau zufällig geküsst hatte; alle Gedanken und Bilder, die ihn während des Sommers erfüllt hatten, kamen ihm wieder in den Sinn, und sein Leben erschien ihm ungewöhnlich armselig, dürftig und farblos …

Als er in sein Bauernhaus zurückkehrte, fand er keinen seiner Kameraden vor. Der Bursche meldete ihm, dass sie sich alle zum General »Fontrjabkin« begeben hätten, der einen Reiter nach ihnen geschickt hatte! Für einen Augenblick flammte in Rjabowitschs Brust ein Freudengefühl auf; er dämpfte es aber gleich nieder, legte sich zu Bett und blieb, dem Schicksal zum Trotz, zu Hause und ging nicht zum General.

Agafja

Als ich mich im S.'schen Kreise aufhielt, besuchte ich oft in der Dorfgemeinde Dubowo gehörenden Gemüsegärten den Gartenwächter Ssawwa Stukatsch, oder Ssawka, wie man ihn gewöhnlich nannte. Diese Gemüsegärten waren mein Lieblingsplatz für den sogenannten »General«-Fischfang: wenn man beim Weggehen von zu Hause gar nicht weiß, wann man wieder zurückkommt, alle Angelgeräte, die es nur gibt, mitnimmt und sich auch mit Proviant versorgt. Eigentlich reizte mich das Angeln weniger als das planlose Herumirren, das Essen zur ungewohnten Tageszeit, die Gespräche mit Ssawka und die dauernden Tête-à-têtes mit den stillen Sommernächten. Ssawka war ein Bursche von etwa fünfundwanzig Jahren, gut gewachsen, frisch und gesund wie ein Feuerstein. Er galt für vernünftig, konnte lesen und schreiben, trank sehr wenig, war aber als Arbeiter gar nichts wert. In seinen Muskeln, die so stark wie Stricke waren, paarte sich mit einer ungeheuren physischen Kraft eine schwere, unbesiegbare Trägheit. Er wohnte, wie alle Bauern, in seinem eigenen Hause, hatte einen eigenen Anteil am Gemeindeacker, bebaute ihn aber nicht und befasste sich auch mit keinem Handwerk. Seine alte Mutter ernährte sich von Bettelei, und er selbst lebte sorglos wie ein Vogel in den Tag hinein und wusste am Morgen nicht, was er zu Mittag essen werde. Man kann nicht sagen, dass ihm Willenskraft und Energie abgingen oder dass er mit seiner Mutter wenig Mitleid hatte; er verspürte einfach keine Neigung zur Arbeit und konnte ihren Nutzen nicht einsehen. Seine ganze Gestalt atmete Sorglosigkeit und eine angeborene, beinahe künstlerische Leidenschaft, ins Blaue hinein zu leben. Wenn aber der junge gesunde Körper Ssawkas sich rein physiologisch nach einer Muskelkraft sehnte, so gab er sich für kurze Zeit irgendeiner freien und absolut zwecklosen Tätigkeit hin: er schnitzte Pflöcke, die weder er noch sonst jemand brauchte, oder lief mit den Dorfweibern um die Wette. Sein liebster Zustand war der einer vollkommenen Unbeweglichkeit. Er war imstande, stundenlang auf einem Fleck zu liegen, ohne sich zu rühren und den Blick unverwandt auf einen Punkt gerichtet. Und wenn er sich bewegte, so tat er es nur rein intuitiv und auch nur dann, wenn sich ihm Gelegenheit zu irgendeiner blitzschnellen Bewegung bot: einen vorbeilaufenden Hund am Schwanz zu fassen, einem Weibe das Tuch vom Kopfe zu reißen oder über einen breiten Graben hinüberzuspringen. Natürlich war Ssawka bei dieser Lebensweise ärmer als der ärmste Bettler. Mit der Zeit war er mit seinen Steuern so sehr im Rückstand, dass die Gemeinde dem jungen und kräftigen Burschen eine Stellung zuwies, die sonst nur von Greisen versehen wurde: das Amt eines Wächters und einer Vogelscheuche bei den der Gemeinde gehörenden Gemüsegärten. Alle lachten natürlich über diese seinem Alter so wenig entsprechende Anstellung, aber er machte sich nichts daraus. Die ruhige und bequeme Tätigkeit entsprach durchaus seiner beschaulichen Veranlagung.

An einem herrlichen Maiabend war ich wieder einmal bei diesem Ssawka zu Besuch. Ich lag auf einer zerrissenen Felldecke dicht vor seiner Hütte, aus der es dumpf nach trocknen Gräsern roch. Ich hatte die Hände im Nacken verschränkt und blickte vor mich hin. Zu meinen Füßen lag eine hölzerne Heugabel. Hinter der Gabel konnte ich die schwarze Silhouette der Kutjka – so hieß Ssawkas kleiner Hund – sehen, und zehn Schritt hinter der Kutjka fiel der Boden steil zum Flusse hinab. Den Fluß selbst konnte ich im Liegen nicht sehen. Ich sah nur die Wipfel der Weiden, die sich am Ufer drängten, und das gekrümmte, gleichsam abgenagte andere Ufer. Weit jenseits des Flusses standen auf einem dunkeln Hügel, sich wie erschrockene junge Rebhühner aneinander schmiegend, die Häuser des Dorfes, in dem Ssawka wohnte. Hinter dem Hügel verglomm das Abendrot. Nur noch ein einziger blaßroter Streifen war am Himmel geblieben, und auch er wurde allmählich von kleinen Wölkchen überzogen wie Kohlenglut von Asche.

Rechts vom Gemüsegarten war ein Erlengehölz, das im Winde leise rauschte und zitterte; links breiteten sich die unendlichen Felder aus. In weiter Ferne, wo das Auge den Himmel von der Erde nicht mehr unterscheiden konnte, leuchtete ein helles Flämmchen. Ssawka kauerte in einiger Entfernung von mir auf dem Boden, den Kopf gesenkt, und starrte nachdenklich auf Kutjka. Unsere Angelhaken mit lebendem Köder waren schon längst ausgelegt, und wir konnten nichts Besseres beginnen, als uns der Ruhe hinzugeben, die Ssawka, der sich niemals überanstrengte und doch ewig ausruhte, so sehr liebte. Das Abendrot war noch nicht ganz erloschen, aber die Sommernacht hatte bereits die ganze Natur in ihre zärtliche, einschläfernde Umarmung geschlossen.

Alles erstarb im ersten tiefen Schlafe, und nur irgendein mir unbekannter Nachtvogel ließ im Erlengebüsch gedehnt und langsam eine Reihe von artikulierten Lauten erschallen, die wie die Worte klangen: »Ist's Ni-ki-tas Fiedel?«, worauf er gleich selbst antwortete: »Fiedel! Fiedel! Fiedel!«

»Warum schlagen heut' die Nachtigallen nicht?«, fragte ich Ssawka.

Er wandte sich langsam zu mir um. Seine Gesichtszüge waren etwas grob, aber zugleich ausdrucksvoll und weich wie bei einer Frau. Er richtete dann seine sanften verträumten Augen auf das Gehölz und auf die Weiden, zog aus der Tasche langsam eine Pfeife hervor, steckte sie sich in den Mund und trillerte wie ein Nachtigallenweibchen. Als Antwort auf seine Triller begann am andern Ufer ein Wachtelkönig zu schnarren.

»Da haben Sie eine Nachtigall ...«, scherzte Ssawka. »Der schnarrt so, als ob man ihn am Schwanze zupfte, und bildet sich doch ein, dass er singt.«

»Mir gefällt dieser Vogel«, sagte ich. »Weißt du, dass der Wachtelkönig in der Strichzeit nicht fliegt, sondern läuft? Er fliegt nur über die Flüsse und Meere, sonst wandert er zu Fuß.«

»So'n Hund! ...«, murmelte Ssawka und blickte mit Respekt in die Richtung, aus der das Schnarren kam.

Ich wusste, dass Ssawka gerne Erzählungen hörte, und berichtete ihm daher alles, was ich vom Wachtelkönig aus der Jägerliteratur wusste. Dann kam ich allmählich auf die Wanderung der Vögel im Allgemeinen zu sprechen. Ssawka hörte aufmerksam, ohne mit den Augen zu zwinkern, zu und strahlte vor Vergnügen.

»Und wo fühlt sich der Vogel heimischer«, fragte er, »bei uns oder in der Fremde?«

»Selbstverständlich bei uns. Die Vögel kommen hier zur Welt und brüten hier ihre Jungen aus; hier ist ihre Heimat; in die Fremde fliegen sie nur, um hier nicht zu erfrieren.«

»Interessant!«, sagte Ssawka gedehnt. »Alles ist interessant. Ob Vogel oder ein Mensch, oder ein Stein – in allem ist Vernunft! … Ach, Herr, wenn ich wüsste, dass Sie heute kommen, hätte ich das Frauenzimmer gar nicht herbestellt … Ein Frauenzimmer wollte heut' kommen …«

»Bitte sehr, ich werde nicht stören!«, sagte ich. »Ich kann mich ja auch im Gehölz hinlegen …«

»Nein, es wird ihr gar nichts schaden, wenn sie statt heute morgen kommt … Wenn sie wenigstens ruhig sitzen und zuhören würde … Aber sie wird nur stören. Wenn sie dabei ist, kann man gar nicht ordentlich reden.«

»Erwartest du heute die Darja?«, fragte ich nach einer Pause.

»Nein … Heut' will eine Neue kommen … Agafja, die Weichenstellerin …«

Ssawka sagte das mit seiner gewöhnlichen leidenschaftslosen, etwas dumpfen Stimme, als ob die Rede von Tabak oder Grütze wäre. Ich sprang aber vor Erstaunen auf. Ich kannte diese Agafja, »die Weichenstellerin« … Es war ein ganz junges Weibchen, höchstens neunzehn oder zwanzig Jahre alt, das erst im vorigen Jahre den Weichensteller, einen jungen, braven Burschen, geheiratet hatte. Sie wohnte im Dorfe, und ihr Mann kam nur auf die Nacht von der Bahn nach Hause.

»Mein Lieber, alle deine Weibergeschichten werden ein schlechtes Ende nehmen!«, seufzte ich auf.

»Von mir aus ...«

Ssawka dachte eine Weile nach und fügte hinzu:

»Ich hab's den Weibern gesagt, aber sie hören nicht auf mich ... Den dummen Gänsen geht's wohl zu gut!«

Wir schwiegen beide ... Das Dunkel wurde immer dichter, und die Gegenstände verloren ihre Konturen. Der rötliche Streif hinter dem Hügel war ganz erloschen, und die Sterne schienen immer heller und strahlender ... Das melancholisch-eintönige Zirpen der Grillen, die Schreie des Wiesenknarrers und der Wachtel störten diese nächtliche Stille gar nicht: im Gegenteil, sie machten sie noch eintöniger. Es war, als ob diese leisen, einschläfernden Töne nicht von den Vögeln und Insekten ausgingen, sondern von den Sternen, die auf uns vom Himmel herabblickten ...

Ssawka brach zuerst das Schweigen. Er richtete seinen Blick von der schwarzen Kutjka langsam auf mich und sagte:

»Herr, Sie langweilen sich wohl? Wollen wir zum Abend essen!«

Ohne meine Antwort abzuwarten, kroch er auf dem Bauche in seine Hütte und scharrte dort etwas herum, wobei die ganze Hütte wie ein Blatt erzitterte; dann kroch er zurück und stellte vor mich eine Branntweinflasche und eine irdene Schüssel hin. In der Schüssel waren gebackene Eier, in Speck gebratene Roggenfladen, einige Stück Schwarzbrot und noch irgendetwas ... Zuerst tranken wir aus einem schiefen Gläschen, das nicht recht stehen konnte, etwas Schnaps und machten uns dann an das Essen. Das Salz war grobkörnig und grau, die Fladen schmutzig und fettig, die Eier fest wie Gummi; aber alles schmeckte ausgezeichnet!

»Du lebst sonst wie ein Bettler, hast aber so viel zu essen«, sagte ich, auf die Schüssel zeigend. »Wo nimmst du nur alles her?«

»Die Weiber bringen's mir ...«, brummte Ssawka.

»Warum bringen sie es dir?«

»So ... aus Mitleid ...«

Nicht nur das Menu, sondern auch seine Kleidung zeugten

von diesem weiblichen »Mitleid«. Eines Abends sah ich an ihm einen neuen kamelhaarenen Gürtel und ein grellrotes Bändchen, an dem an seinem schmutzigen Halse das kleine Messingkreuz hing. Mir war die Schwäche des schönen Geschlechts für Ssawka bekannt; ich wusste auch, dass er sehr ungern davon sprach, und fragte ihn darum nicht weiter aus. Ich hatte auch nicht mehr Zeit, mit ihm zu sprechen: Kutjka, die sich fortwährend an unseren Beinen rieb und bettelte, spitzte plötzlich die Ohren und knurrte. In der Ferne ließ sich ein Plätschern hören.

»Jemand watet durch den Fluß ...«, sagte Ssawka.

Nach einigen Minuten begann Kutjka wieder zu knurren und Töne von sich zu geben, die wie Husten klangen.

»Kusch!«, schrie Ssawka.

Im Finstern schlürften scheue Schritte, und aus dem Gehölz kam eine weibliche Silhouette zum Vorschein. Obwohl es dunkel war, erkannte ich sie sofort: es war Agafja, die Weichenstellerin. Sie kam schüchtern auf uns zu, blieb stehen und holte tief Atem. Sie keuchte wohl weniger vor Müdigkeit als vor Angst und dem unangenehmen Gefühl, das man immer empfindet, wenn man nachts durch einen Fluß watet. Als sie vor der Hütte statt einen Menschen – zwei erblickte, stieß sie einen leisen Schrei aus und taumelte etwas zurück.

»Ach so ... du bist es!«, sagte Ssawka, sich einen neuen Fladen in den Mund stopfend.

»Ja ... ich«, murmelte sie, ein kleines Bündel fallen lassend und nach mir schielend. »Jakow läßt Sie grüßen und schickt Ihnen dieses da ... ich weiß nicht, was darin ist ...«

»Was lügst du? Ja, der Jakow!«, höhnte Ssawka. »Brauchst nicht zu lügen, der Herr weiß sehr gut, wozu du gekommen bist! Setz dich her, sei unser Gast.«

Agafja schielte wieder nach mir und setzte sich unentschlossen hin.

»Ich glaubte schon, dass du heut' nicht kommst ...«, sagte Ssawka nach einer langen Pause. »Was sitzt du so da? Iss doch! Oder soll ich dir etwas Schnaps geben?«

»Was dir nicht einfällt!«, entgegnete Agafja. »Ich bin doch keine Säuferin …«

»Trink doch … Wirst dir deine Seele erwärmen … Nun!«

Ssawka reichte Agafja das schiefe Gläschen. Sie trank langsam den Schnaps aus, aß aber nichts hinterher, sondern blies nur laut vor sich hin.

»Hast doch etwas mitgebracht …«, fuhr Ssawka fort, indem er das Bündel aufknotete. Seine Stimme nahm einen herablassend scherzhaften Ton an. »Ein Frauenzimmer kann doch gar nicht anders, es muss immer etwas mitbringen. Ach so, ein Kuchen und Kartoffeln … Die leben nicht schlecht!«, sagte er, sich zu mir wendend. »Sonst hat ja im ganzen Dorfe kein Mensch Kartoffeln vom Winter erspart!«

Ich konnte im Dunkeln Agafjas Gesicht nicht sehen; aber aus der Haltung ihrer Schultern und ihres Kopfes konnte ich schließen, dass sie ihre Augen von Ssawkas Gesicht nicht wandte. Ich wollte nicht stören und stand auf, um einen Spaziergang zu machen. In diesem Augenblick erklangen aber plötzlich aus dem Gehölz zwei tiefe Konteralttöne einer Nachtigall. Nach einer halben Minute ließ sie einen feinen Triller los; nachdem sie auf diese Weise ihre Stimme ausprobiert hatte, begann sie zu singen. Ssawka sprang auf und lauschte.

»Das ist die gestrige!«, sagte er. »Wart einmal! …«

Und er lief lautlos in der Richtung zum Gehölz.

»Was willst du denn?«, rief ich ihm nach. »Lass sie in Ruhe!«

Ssawka winkte mit der Hand, als ob er sagen wollte: »Schreien Sie doch nicht so!«, – und verschwand im Finstern. Ssawka war, wenn er nur wollte, ein ausgezeichneter Jäger und Fischer, aber er verschleuderte auch diese Talente ebenso zwecklos wie seine Kraft. Er war zu faul, um die Jagd wie die andern Menschen auszuüben, und gebrauchte seine Jagdleidenschaft zu zwecklosen Kunststücken. So fing er die Nachtigallen mit der Hand, schoss mit Schnepfenschrot auf Hechte oder stand manchmal stundenlang am Flussufer und bemühte sich, irgendein kleines Fischchen mit dem größten Angelhaken zu fangen.

Agafja blieb allein mit mir zurück. Sie hüstelte und fuhr sich einige Mal mit der flachen Hand über das Gesicht … Der Schnaps, den sie getrunken, begann bereits zu wirken.

»Wie geht's, Agascha?«, fragte ich nach einer Pause, als mir das lange Schweigen lästig zu werden begann.

»Gott sei gedankt … Erzählen Sie es aber niemand, Herr …«, fügte sie flüsternd hinzu.

»Lass gut sein«, suchte ich sie zu beruhigen. »Du bist aber wirklich furchtlos, Agascha … Wenn es Jakow erfährt? …«

»Er erfährt es nicht … Ich werde vor ihm nach Hause kommen. Er ist jetzt auf der Strecke; erst wenn der Postzug vorbeigegangen ist, kommt er zurück. Von hier aus kann ich ja den Zug hören …«

Agafja fuhr sich noch einmal mit der Hand über die Stirne und blickte in die Richtung, in der Ssawka verschwunden war. Die Nachtigall sang noch immer. Irgendein Nachtvogel flog ganz tief über dem Boden dahin; als er uns bemerkte, rauschte er mit den Flügeln und flog auf die andere Seite des Flusses.

Bald verstummte die Nachtigall, Ssawka kam aber noch immer nicht zurück. Agafja stand auf, ging einige Schritte unruhig auf und ab und setzte sich wieder hin.

»Wo bleibt er nur?«, fragte sie ungeduldig. »Der Zug kommt ja heute und nicht morgen! Ich muss bald gehen!«

»Ssawka!«, rief ich in die Finsternis. »Ssawka!«

Nicht einmal das Echo antwortete mir. Agafja rückte unruhig hin und her und stand wieder auf.

»Ich muss schon gehen!«, sagte sie mit vor Erregung bebender Stimme. »Gleich wird der Zug kommen! Ich weiß ja, wann die Züge gehen!«

Die Arme hatte sich nicht geirrt. Nach einer Viertelstunde hörten wir ein fernes Dröhnen.

Agafja starrte mit wild aufgerissenen Augen ins Gehölz und bewegte ungeduldig die Hände.

»Wo bleibt er nur?«, sagte sie mit nervösem Lachen. »Was für ein Teufel hat ihn hingeschleppt? Jetzt gehe ich! Bei Gott, Herr, jetzt gehe ich!«

Das Dröhnen wurde immer lauter. Man konnte bereits das Rasseln der Räder von den schweren Seufzern der Lokomotive unterscheiden. Ein Pfiff, der Zug rasselte über die Brücke, noch eine Minute – und alles war wieder still …

»Ich warte noch eine Weile …«, seufzte Agafja auf und setzte sich entschlossen wieder hin. »Meinetwegen …«

Endlich erschien im Finstern Ssawka. Er ging mit seinen bloßen Füßen lautlos über die weiche Gartenerde und summte leise vor sich hin.

»Dieses Pech!«, sagte er lachend. »Kaum war ich am Strauch und zielte nach ihr mit der Hand, als sie plötzlich zu singen aufhörte! So'n Hund! Ich wartete und wartete, dass sie wieder anfängt, aber sie dachte nicht daran … Nun gab ich's auf …«

Ssawka ließ sich neben Agafja plump zu Boden fallen. Um das Gleichgewicht nicht zu verlieren, fasste er sie mit beiden Händen um die Taille.

»Und was machst du für ein finsteres Gesicht, als ob dich deine Tante geboren hätte?«, fragte er sie.

Bei all seiner Treuherzigkeit und Weichheit verachtete Ssawka im Grunde genommen die Frauen. Er behandelte sie geringschätzig, von oben herab und erniedrigte sich zuweilen zum Spott über die Gefühle, die sie seiner eigenen Person entgegenbrachten. Wer weiß, vielleicht war diese geringschätzige Behandlung eine der Ursachen der starken, unüberwindlichen Anziehungskraft, die er auf die Dorfschönen übte. Er war ein hübscher, gutgewachsener Bursche, seine Augen leuchteten immer, selbst wenn er eine der von ihm so sehr verachteten Frauen vor sich hatte, still und freundlich; aber diese äußeren Eigenschaften allein sind noch keine genügende Erklärung für diese Anziehungskraft. Neben dem vorteilhaften Äußeren und der eigentümlichen Art, mit den Frauen umzugehen, war es vielleicht auch die rührende Stellung Ssawkas als des von allen verschmähten und aus seinem Hause in die Gemüsegärten verbannten Pechvogels, was auf die Weiber solchen Eindruck machte.

»Erzähle einmal dem Herrn, wozu du hergekommen bist!«,

fuhr Ssawka fort, während er Agafja noch immer an der Taille festhielt. »Erzähle es nur, du verheiratete Frau! Ach ja … Sollen wir nicht noch ein Schnäpschen nehmen, Freundin Agascha?«

Ich erhob mich von meinem Platz und ging durch den Garten. Die dunklen Beete sahen wie große, flache Grabhügel aus. Sie atmeten den Geruch frisch umgegrabener Erde und zarter, taufeuchter Pflanzen … Links leuchtete noch immer das rote Flämmchen. Es winkte und lächelte mir gleichsam zu.

Ich hörte ein glückliches Lachen. Es war Agafjas Stimme.

Und der Zug? – fragte ich mich. – Der Zug war ja schon längst vorbeigegangen!

Ich wartete noch eine Weile und ging dann zur Hütte zurück. Ssawka saß unbeweglich mit untergeschlagenen Beinen und summte leise irgendein sehr primitives Lied vor sich hin. Agafja lag, vom Schnaps, von den herablassenden Liebkosungen Ssawkas und von der Schwüle der Nacht berauscht, neben ihm auf dem Boden, das Gesicht krampfhaft an seine Knie geschmiegt. Sie war so ganz von ihrem Gefühl hingerissen, dass sie mich gar nicht sah.

»Agascha, der Zug ist ja schon längst dagewesen!« sagte ich ihr.

»Es ist Zeit, dass du gehst«, fing Ssawka meinen Gedanken auf und schüttelte den Kopf. »Was liegst du so da? Du, hast du denn gar keine Scham im Leibe?!«

Agafja fuhr auf, riß den Kopf von seinem Knie los, sah mich an und schmiegte sich wieder an ihn.

»Es ist längst Zeit!«, sagte ich.

Agafja rückte hin und her und erhob sich auf ein Knie … Sie schien furchtbar zu leiden … Eine halbe Minute lang drückte ihre ganze Gestalt, soweit ich sie im Dunkeln sehen konnte, einen inneren Kampf und ein Schwanken aus. Einen Augenblick lang schien sie zum Bewusstsein gekommen zu sein: sie reckte sich und war bereit, aufzustehen; aber irgendeine unbezwingbare und unerbittliche Gewalt stieß sie wieder um, und sie schmiegte sich von neuem an Ssawka heran.

»Dass ihn der Henker!«, sagte sie mit wilder, tiefer Stimme und lachte. In diesem Lachen klangen wahnsinnige Entschlossenheit, Ohnmacht und Schmerz.

Ich ging langsam ins Gehölz und stieg von dort zum Flusse hinab, wo unsere Angelschnüre ausgelegt waren. Der Fluss lag in tiefem Schlaf. Irgendeine weiche, gefüllte Blüte mit langem Stiel berührte zärtlich meine Wange, wie ein Kind, als wollte sie sagen, dass sie noch nicht schlafe. Ich fand eine der Angelschnüre und zog sie heraus. Sie blieb lose in meiner Hand hängen – es hatte sich also nichts gefangen … Vom andern Ufer und vom Dorf war nichts zu sehen. In einem Bauernhause leuchtete ein Flämmchen auf und erlosch gleich wieder. Tastend fand ich am Ufer die Vertiefung, die ich noch am Tage ausgesucht hatte, und setzte mich in sie wie in einen Sessel. So saß ich lange da … Ich sah, wie die Sterne allmählich trüber wurden, wie ein kalter Lufthauch leise seufzend über die Erde strich und die Blätter der erwachenden Weiden berührte …

»A-gaf-ja! …«, klang aus dem Dorfe eine dumpfe Stimme. »Agafja!«

Der Mann war offenbar heimgekehrt und suchte nun im ganzen Dorfe nach seiner Frau. Aus dem Gemüsegarten drang aber zu mir ein nicht enden wollendes Lachen: die Frau hatte alles vergessen, war völlig berauscht und suchte sich mit dem Glücke weniger Stunden für die sie morgen erwartende Qual schadlos zu halten.

Ich schlief ein.

Als ich erwachte, saß Ssawka neben mir und schüttelte mich an der Schulter. Der Fluss, das Gehölz, die beiden grünen, reingewaschenen Ufer, die Bäume und das Feld – alles war von grellem Morgenlicht übergossen. Die Strahlen der eben erst aufgegangenen Sonne fielen zwischen den dünnen Baumstämmen hindurch auf meinen Rücken.

»Das nennen Sie Fische fangen?«, lachte Ssawka. »Stehen Sie doch auf!«

»Ist Agascha fort?«, fragte ich.

»Da geht sie gerade!«, antwortete Ssawka und zeigte auf die Furt.

Ich sah hin und erblickte Agafja. Mit hoch aufgeschürztem Kleid, ganz zerzaust, mit vom Kopfe gerutschtem Tuch watete sie durch den Fluss. Sie bewegte die Beine mit sichtbarer Anstrengung …

»Die Katze weiß, dass sie Fleisch gestohlen hat!«, murmelte Ssawka, die Augen zusammenkneifend. »Wie sie den Schwanz eingezogen hat! DieWeiber sind liederlich wie die Katzen und feige wie die Hasen … Warum ist sie auch nicht gestern heimgegangen, als man es ihr sagte! Jetzt wird sie was erleben … Und mich wird das Dorfgericht wegen des Frauenzimmers wieder einmal auspeitschen lassen …«

Agafja erreichte das Ufer und ging nun querüberfeld dem Dorfe zu. Anfangs schritt sie ziemlich tapfer aus; aber bald bemächtigten sich ihrer Angst und Aufregung. Sie wandte sich erschrocken um, blieb stehen und holte tief Atem.

»Wie die Angst hat!«, sagte Ssawka mit einem traurigen Lächeln, auf die hellgrüne Spur schauend, die Agafja im taubedeckten Grase zurückließ. »Hat wohl keine Lust, heimzugehen! Der Mann steht ja schon seit einer Stunde da und wartet auf sie … Haben Sie ihn schon gesehen?«

Ssawka sprach diese letzten Worte mit einem Lächeln, aber mich überlief es kalt. Vor dem letzten Hause des Dorfes stand auf der Straße Jakow und blickte unverwandt seiner Frau entgegen. Er war regungslos wie eine Bildsäule. Was dachte er sich wohl, während er sie ansah? Was für Worte bereitete er für den Empfang vor? Agafja blieb eine Weile stehen, blickte noch einmal zurück, als erwartete sie von uns Beistand, und ging weiter. Noch niemals sah ich einen Menschen, weder einen Betrunkenen noch einen Nüchternen, so gehen: unter den Blicken ihres Mannes bekam sie eine Art Krampf. Bald ging sie im Zickzack, bald stampfte sie mit eingeknickten Knien und seltsamen Handbewegungen immer auf derselben Stelle, bald wich sie zurück. Als sie auf diese Weise an die hundert Schritte gemacht hatte, blickte sie noch einmal zurück und setzte sich plötzlich hin.

»Versteck dich doch wenigstens hinter dem Strauch!«, sagte ich zu Ssawka. »Sonst wird er dich sehen …«

»Er weiß auch so, woher Agafja kommt … Nachts holen die Weiber keinen Kohl aus dem Gemüsegarten – das weiß jeder!«

Ich sah Ssawka an. Sein Gesicht war blass und hatte den aus Mitleid und Ekel gemischten Ausdruck, mit dem man zuweilen ein gepeinigtes Tier betrachtet.

»Wenn die Katze lacht, muss die Maus weinen …« sagte er seufzend.

Agafja sprang plötzlich auf, schüttelte den Kopf und ging mit tapferen Schritten auf ihren Mann zu. Sie hatte wohl ihre ganze Kraft zusammengenommen und war auf alles gefasst.

Das Haus mit dem Mezzanin

I.

Vor sechs oder sieben Jahren lebte ich in einem der Kreise des T.'schen Gouvernements, auf dem Gute eines gewissen Bjelokurow, eines jungen Mannes, der des Morgens sehr früh aufstand, einen ärmellosen Rock, wie ihn die Kleinbürger haben, trug, abends Bier trank und mir immer klagte, dass er nirgends und bei niemand Verständnis und Sympathie finden könne. Er wohnte im Gartenhause und ich im alten Herrenhause. Der große säulengeschmückte Saal, in dem ich hauste, hatte keinerlei Möbel, außer dem breiten Divan, auf dem ich schlief, und dem Tisch, auf dem ich Patiencen legte. Selbst bei windstillem Wetter rumorte es hier immer in den alten Öfen; während eines Gewitters zitterte das ganze Haus so sehr, als ob es auseinanderfallen wollte, und es war etwas unheimlich, besonders nachts, wenn sämtliche zehn großen Fenster von einem Blitz erleuchtet wurden.

Vom Schicksal zu ewigem Faulenzen verdammt, tat ich absolut nichts. Stundenlang schaute ich zum Fenster auf den Himmel hinaus, auf die Vögel und die Alleen, las alles, was mir die Post brachte, und schlief. Manchmal ging ich aus dem Hause und irrte bis zum späten Abend herum.

Als ich eines Tages nach Hause zurückkehrte, stieß ich ganz zufällig auf ein mir noch unbekanntes Gut. Die Sonne war im Untergehen, und auf den blühenden Getreidefeldern lagerten sich die Abendschatten. Zwei Reihen alter, eng aneinandergepflanzter, sehr großer Tannen standen wie zwei undurchdringliche Mauern da und bildeten eine herrliche Allee. Ich kletterte mühelos über den Zaun und ging diese Allee entlang, über die Tannennadeln, die einige Zoll hoch den Boden bedeckten, gleitend. Es war still und dunkel, und nur oben in den Wipfeln zitterte noch ein goldner Schein, der in den Spinngeweben in allen

Farben des Regenbogens schillerte. Es roch betäubend nach Harz und Nadeln. Aus den Tannen kam ich in eine lange Lindenallee. Auch hier sah alles vernachlässigt und verwildert aus. Das vorjährige Laub raschelte traurig unter meinen Füßen, und zwischen den Baumstämmen lauerten Schatten. Rechts im alten Obstgarten sang träge eine Goldamsel, die wohl ebenso alt wie der Garten war. Die Lindenallee führte mich zu einem weißen Haus mit einer Terrasse und einem Mezzanin, und plötzlich sah ich vor mir einen Hof, einen großen Teich mit einer Badehütte und einer Schar grüner Weiden, und auf dem andern Ufer des Teiches ein Dorf mit einem hohen schlanken Glockenturm, dessen goldnes Kreuz in den Strahlen der untergehenden Sonne blendend hell leuchtete. Für einen Augenblick überkam mich das Gefühl, als ob dieses Bild mir altbekannt und vertraut wäre, als ob ich es schon einmal in meiner Kindheit gesehen hätte.

Vor dem weißen Tor, das aus dem Hofe nach dem Felde ging, vor dem alten, von Löwen flankierten Tor standen zwei junge Mädchen. Die eine, wohl die Ältere, war schlank, blass und sehr hübsch, mit einer Flut kastanienbrauner Haare und einem kleinen trotzigen Mund; sie hatte einen strengen Gesichtsausdruck und schenkte mir fast keine Beachtung. Die andere, die noch ganz jung, höchstens siebzehn oder achtzehn und ebenfalls schlank und blass war und einen großen Mund und große Augen hatte, sah mich, als ich vorüberging, erstaunt an, sagte etwas auf Englisch und wurde sichtbar verlegen. Ich hatte aber den Eindruck, als wären mir auch diese beiden lieben Gesichter seit langem bekannt. Und ich kehrte heim mit dem Gefühl, als ob ich einen schönen Traum gehabt hätte.

Als ich bald nach diesem Erlebnis eines Mittags mit Bjelokurow vor dem Hause auf und ab ging, fuhr plötzlich, im welken Laube raschelnd, eine Equipage vor, in der eines der beiden Mädchen saß. Es war die Ältere. Sie kam mit einer Kollekte zugunsten der Bauern eines vor kurzem abgebrannten Dorfes. Ohne uns anzuschauen, berichtete sie sehr ernst und umständlich, wie viel Häuser im Kirchdorfe Sijanowo abgebrannt, wie viel Männer, Frauen und Kinder ohne Obdach geblieben seien und was das Hilfskomitee, dessen Mitglied sie war, zuallererst zu unternehmen gedenke. Als wir uns auf die Liste eingetragen hatten, nahm sie sofort Abschied.

»Sie haben uns wohl ganz vergessen, Pjotr Petrowitsch«, sagte sie, indem sie Bjelokurow die Hand reichte. »Besuchen Sie uns doch einmal, und wenn Herr N. (sie nannte meinen Namen) sich interessiert, wie einige Bewundrerinnen seiner Kunst leben, und uns besuchen möchte, so würden wir uns, Mama und ich, herzlich freuen.«

Ich machte eine Verbeugung.

Als sie fort war, erzählte mir Pjotr Petrowitsch einiges über sie. Das Mädchen war aus guter Familie und hieß Lydia Woltschaninow; das Gut, auf dem sie mit ihrer Mutter und Schwester lebte, hieß ebenso wie das Dorf auf der andern Seite des Teiches Schelkowka. Der Vater hatte einmal in Moskau eine hohe Stellung bekleidet und war im Range eines Geheimrats gestorben. Obwohl die Woltschaninows große Geldmittel besaßen, lebten sie immer, Sommer und Winter, auf dem Lande; Lydia betätigte sich als Lehrerin an der Dorfschule und bekam dafür einen Monatslohn von fünfundzwanzig Rubeln. Alle ihre persönlichen Ausgaben bestritt sie aus diesem Gelde und war stolz darauf, dass sie von ihrer eigenen Arbeit lebte.

»Die Familie ist recht interessant«, sagte Bjelokurow. »Wollen wir sie vielleicht wirklich einmal besuchen? Sie werden sich sicher freuen.«

An irgendeinem Feiertage nach dem Essen kamen uns die Woltschaninows wieder in den Sinn, und wir begaben uns zu ihnen nach Schelkowka. Die Mutter und die beiden Töchter waren zu Hause. Die Mutter, Jekaterina Pawlowna, war wohl in ihrer Jugend sehr hübsch gewesen; jetzt sah sie aber unverhältnismäßig alt aus, litt an Asthma und zeigte ein trauriges und zerstreutes Wesen. Sie versuchte mich in ein Gespräch über Malerei hineinzuziehen. Als sie von ihrer Tochter erfahren hatte, dass ich vielleicht nach Schelkowka kommen würde, erinnerte sie sich in aller Eile an zwei oder drei meiner Landschaften, die sie einmal in einer Moskauer Ausstellung gesehen hatte, und wollte nun von mir wissen, was ich in diesen Bildern eigentlich ausdrücken wollte. Lydia, oder Lida, wie man sie zu Hause nannte, sprach mehr mit Bjelokurow als mit mir. Sie blieb immer ernst, lächelte gar nicht und fragte ihn, warum er sich nicht bei den Semstwoinstitutionen betätige und bisher noch keine einzige Semstwoversammlung besucht habe.

»Es ist nicht schön von Ihnen, Pjotr Petrowitsch«, sagte sie vorwurfsvoll. »Gar nicht schön. Sie sollten sich schämen.«

»Lida hat recht«, stimmte ihr die Mutter zu. »Es ist wirklich nicht schön.«

»Der ganze Kreis ist in der Gewalt Balagins«, fuhr Lida fort, sich an mich wendend. »Er selbst ist Vorsitzender der Semstwoverwaltung und hat alle Ämter mit seinen Neffen und Schwiegersöhnen besetzt; so kann er alles tun, was er will. Man muss dagegen kämpfen. Die Jugend sollte sich doch zu einer starken Partei gegen ihn zusammenschließen. Aber Sie sehen, was wir hier für eine Jugend haben! Schämen sie sich, Pjotr Petrowitsch!«

Während die Rede von der Semstwoverwaltung war, sprach die jüngere Schwester Shenja kein Wort. An ernsten Gesprächen nahm sie niemals teil: man hielt sie in der Familie für nicht ganz erwachsen und nannte sie noch immer »Missjusj«, weil sie als Kind ihre englische Miss so zu nennen pflegte. Während der ganzen Zeit musterte sie mich mit neugierigen Blicken, und als ich später in einem Photographienalbum blätterte, gab sie mir die Erklärungen: »Das ist der Onkel … Das ist mein Taufpate«; sie tippte auf jedes Bild mit dem Finger und lehnte sich dabei mit ihrer Schulter an mich; ich sah in nächster Nähe ihre kindliche, unentwickelte Brust, ihre schmalen Schultern, ihren Zopf und ihren ganzen mit einem Lederriemen eng umgürteten Körper.

Später spielten wir Krokett und Tennis, gingen im Garten spazieren, tranken Tee und saßen sehr lange beim Nachtmahl. Nach meinem großen öden Saal mit den Säulen fühlte ich mich in diesem kleinen gemütlichen Hause, wo es keinen einzigen Öldruck gab und wo man die Dienstboten mit »Sie« anredete, besonders wohl. Die Anwesenheit der beiden jungen Mädchen Lida und Mißjusj war wohl der Grund, warum mir hier alles so jung und rein erschien. Beim Abendessen sprach Lida mit Bjelokurow wieder von den Semstwoversammlungen, von Balagin und von den Schulbibliotheken. Pjotr Petrowitsch, der noch von seiner Studentenzeit her die Angewohnheit hatte, aus jedem Gespräch einen Streit zu machen, sprach langweilig, fad und langatmig mit dem offensichtlichen Bestreben, als ein kluger und fortschrittlich gesinnter Mann zu erscheinen. Er gestikulierte sehr lebhaft, und stieß mit dem Ärmel die Sauciere um; auf dem Tischtuch entstand eine große Pfütze, was aber außer mir niemand merkte.

Als wir nach Hause zurückkehrten, war es dunkel und still.

»Die gute Erziehung besteht nicht darin, dass man keine Sauciere umstößt, sondern darin, dass man es nicht merkt, wenn es jemand anderer tut«, sagte Bjelokurow und seufzte. »Ja, es ist eine reizende, gebildete Familie. Ich bin so ganz aus der Übung gekommen, mit solchen Menschen zu verkehren; ich bin furchtbar zurückgeblieben! Die Arbeit ist an allem schuld! Ja, die Arbeit!«

Er sprach davon, wie furchtbar viel man arbeiten müsse, wenn man eine mustergültige Landwirtschaft haben wolle. Und ich dachte mir: welch ein schwerfälliger, fauler Bursche! Wenn er von etwas Ernstem sprach, so dehnte er unerträglich jeden Vokal; und er arbeitete genau so langsam und träge, wie er sprach. – Er kam überall zu spät und versäumte alle Termine. An seine Geschäftstüchtigkeit konnte ich nicht recht glauben, weil er die Briefe, die ich ihm zur Beförderung gab, wochenlang in seiner Tasche herumschleppte, ehe er sie zur Post brachte.

»Das Traurigste ist«, murmelte er, »das Traurigste ist, dass man, so viel man auch arbeitet, nirgends und bei niemandem Verständnis und Mitgefühl findet. Nicht das geringste Mitgefühl!«

II.

Nun kam ich öfters zu den Woltschaninows und saß meistens auf der untersten Stufe der Terrasse; ich war mit mir recht unzufrieden und dachte mit Wehmut an mein eigenes Leben, das so schnell und so gewöhnlich vorüberzog, und wie gut es wäre, wenn ich mein Herz, das mit den Jahren so schwer geworden war, aus der Brust herausreißen könnte. Und während ich dieses dachte, hörte ich, wie oben auf der Terrasse gesprochen wurde, wie Kleider raschelten und Buchseiten umgeblättert wurden. Bald gewöhnte ich mich daran, dass Lida zu bestimmten Stunden Kranke aus dem Dorfe empfing und an Bauern Bücher verteilte, dass sie oft mit aufgespanntem Sonnenschirm, ohne Hut, ins Dorf fortging und abends laut von den Semstwoinstitutionen und den Dorfschulen sprach. Dieses schlanke, hübsche, immer strenge Mädchen, mit dem kleinen schön geschwungenen Munde wandte sich, so oft die Rede auf diese Dinge kam, an mich mit der trockenen Bemerkung:

»Das wird Sie nicht interessieren.«

Ich war ihr wenig sympathisch. Sie liebte mich nicht, weil ich nur Landschaftsmaler war, auf meinen Bildern die Not des gemeinen Volkes nicht darstellte und weil ich, wie es ihr schien, gegen alles, woran sie so unerschütterlich glaubte, gleichgültig war. Vor vielen Jahren begegnete ich einmal am Ufer des Baikalsees in Sibirien einer jungen Burjatin; sie trug ein Hemd und eine Hose aus blauem chinesischem Baumwollzeug, saß in einem Männersattel und hielt eine Pfeife im Munde. Ich fragte sie, ob sie mir ihre Pfeife verkaufen möchte; sie streifte mein Europäergesicht und meinen Hut mit einem verächtlichen Blick, wurde im Nu meiner überdrüssig, stieß einen wilden Schrei aus und sprengte davon. Lida verachtete in mir wohl auf dieselbe Weise den Fremden. Sie äußerte zwar ihre Abneigung gegen mich durch nichts, aber ich fühlte sie dennoch. Wenn ich unten auf der Terrasse saß, ärgerte ich mich über sie und sagte manchmal, dass einer, der, ohne Arzt zu sein, die Bauern behandelt, sie einfach betrügt, und dass es gar nicht so schwer ist, Wohltäter zu sein, wenn man einen Landbesitz von zweitausend Dessjatinen hat.

Ihre Schwester Missjusj hatte aber keinerlei Sorgen und verbrachte ihre Tage gleich mir in Nichtstun. Wenn sie am Morgen aufstand, nahm sie gleich irgendein Buch vor und setzte sich damit auf die Terrasse, in einen breiten Lehnsessel, so dass ihre Füßchen kaum den Boden berührten; oder sie versteckte sich mit ihrem Buch in der Lindenallee oder ging ins Feld hinaus. Sie las den ganzen lieben Tag, ohne sich vom Buche loszureißen, und nur daraus, dass ihre Augen müde und gleichsam bestürzt blickten und ihr Gesicht sehr blaß war, konnte man zuweilen merken, wie sehr das Lesen ihr Gehirn anstrengte. Wenn ich kam und sie mich erblickte, errötete sie ein wenig, legte das Buch weg und erzählte mir, mich mit ihren großen Augen ansehend, sehr lebhaft, dass zum Beispiel im Dienstbotenzimmer sich der Ruß im Kamin entzündet oder dass ein Arbeiter im Teiche einen Riesenfisch gefangen hätte. An Wochentagen trug sie gewöhnlich eine helle Bluse und einen dunkelblauen Rock. Wir gingen zusammen spazieren, pflückten Kirschen zum Einkochen oder fuhren Boot; und wenn sie nach einer Kirsche hüpfte oder mit den Rudern arbeitete, leuchteten durch ihre weiten Ärmel ihre schwachen, dünnen Ärmchen hindurch. Oder ich malte eine Skizze, und sie stand neben mir und sah mir entzückt zu.

An einem Sonntag, es war Ende Juli, kam ich zu den Woltschaninows am frühen Morgen, gegen neun Uhr. Ich ging durch den Park, in einiger Entfernung vom Hause und suchte nach Steinpilzen, von denen es in jenem Sommer sehr viel gab; neben jedem Pilz, den ich fand, machte ich ein Zeichen, um ihn später gemeinsam mit Shenja wiederzufinden und zu pflücken. Es wehte ein warmer Wind. Ich sah, wie Shenja und ihre Mutter, beide in hellen Sonntagskleidern, aus der Kirche nach Hause gingen und wie Shenja ihren Hut, den der Wind davonzutragen drohte, mit der Hand festhielt. Später hörte ich, wie auf der Terrasse Tee getrunken wurde.

Für mich, der ich weder Sorgen noch eine Beschäftigung hatte und stets nach einer Rechtfertigung für mein Nichtstun suchte, hatte solch ein Sonntagsmorgen auf dem Gute einen ganz besonderen Reiz. Wenn der noch taufeuchte grüne Garten in der Sonne glänzt und so ungemein glücklich aussieht; wenn es in der Nähe des Hauses nach Reseden und Oleanderblüten duftet und die Jugend, die soeben aus der Kirche heimgekehrt ist, im Garten Tee trinkt und alle so nett gekleidet und so lustig sind; wenn man weiß, dass alle diese gesunden, zufriedenen und schönen Menschen den ganzen lieben Tag nichts tun werden, so hat man den Wunsch, dass auch das ganze Leben ebenso sein möchte. Auch an diesem Morgen kamen mir dieselben Gedanken, und ich war bereit, den ganzen Tag und den ganzen Sommer ebenso ziellos und beschäftigungslos zu durchleben.

Nun kam Shenja mit einem Körbchen; sie hatte einen Ausdruck, als ob sie gewusst oder vorausgeahnt hätte, dass sie mich im Garten finden würde. Wir sammelten die Pilze ein und sprachen miteinander; wenn sie an mich irgendeine Frage richtete, ging sie einen Schritt vor und wandte sich nach mir um, um mein Gesicht zu sehen.

»Gestern geschah bei uns im Dorfe ein Wunder«, sagte sie. »Die lahme Pelageja war ein ganzes Jahr lang krank, und kein Arzt konnte ihr helfen; aber gestern besprach irgendeine Alte ihre Krankheit, und sie wurde gleich gesund.«

»Das ist nicht so wichtig«, sagte ich. »Man soll die Wunder nicht nur bei den Kranken und bei alten Weibern suchen. Ist denn die Gesundheit kein Wunder? Und das Leben? Alles, was unverständlich ist, ist ein Wunder.«

»Fürchten Sie sich denn nicht vor dem, was unverständlich ist?«

»Nein. An Erscheinungen, die ich nicht begreife, trete ich furchtlos heran und gerate niemals in ihren Bann. Ich bin darüber erhaben. Der Mensch muss sich über alle Löwen und Tiger, über alle Sterne und über die ganze Natur erhaben fühlen, selbst darüber, was ihm unverständlich ist und als ein Wunder erscheint. Sonst ist er kein Mensch, sondern eine Maus, die vor allem Angst hat.«

Shenja glaubte, dass ich als Maler sehr vieles wisse und das, was ich nicht wisse, leicht erraten könne. Sie wollte, dass ich sie in das Reich des Ewigen und Schönen einführe, in jene höhere Welt, in der ich, wie sie glaubte, zu Hause sei; und sie sprach mit mir oft von Gott, vom Leben im Jenseits und vom Wunderbaren. Ich hatte niemals glauben können, dass meine Gedankenwelt zugleich mit meinem Körper sterben sollte, und antwortete ihr daher: »Ja, die Menschen sind unsterblich.« »Ja, uns erwartet das ewige Leben.« Sie hörte mir gläubig zu und verlangte keine Beweise.

Als wir uns dem Hause näherten, blieb sie plötzlich stehen und sagte:

»Unsere Lida ist ein ungewöhnlicher Mensch. Nicht wahr? Ich liebe sie von Herzen und bin jeden Augenblick bereit, für sie mein Leben zu opfern. Aber sagen Sie«, Shenja berührte meinen Arm: »Sagen Sie, warum streiten Sie mit ihr immer? Warum sind Sie gegen sie so gereizt?«

»Weil sie unrecht hat.«

Shenja schüttelte den Kopf, und Tränen traten ihr in die Augen.

»Das ist so unbegreiflich!«, sagte sie.

Lida war soeben nach Hause gekommen. Sie stand, mit der Reitpeitsche in der Hand, schlank, hübsch, von der Sonne beleuchtet, vor dem Hause und gab einem Arbeiter irgendwelche Befehle. Nachdem sie in großer Eile und laut sprechend zwei oder drei Kranke empfangen hatte, ging sie mit besorgtem und geschäftigem Ausdruck durch die Zimmer, machte bald den einen, bald den anderen Schrank auf und verschwand schließlich im Mezzanin; man musste sie lange suchen und rufen; als sie endlich kam, hatten wir bereits die Suppe gegessen. An alle diese Einzelheiten kann ich mich noch, ich weiß nicht, warum, sehr gut erinnern, und ich liebe diesen Tag, obwohl an ihm eigentlich nichts Besonderes passiert war. Nach dem Essen lag Shenja wieder in ihrem Lehnsessel, und ich saß auf der untersten Stufe der Terrasse. Wir schwiegen beide. Der Himmel hatte sich bewölkt, und es tröpfelte. Es war sehr schwül, der Wind hatte sich längst gelegt, und es schien, dass dieser Tag niemals enden würde. Jekaterina Pawlowna kam verschlafen, mit einem Fächer in der Hand, zu uns auf die Terrasse hinaus.

»Mama«, sagte Shenja, ihr die Hand küssend, »es tut dir nicht gut, wenn du am Tage schläfst.«

Sie vergötterten einander. Wenn die eine in den Garten ging, stand die andere schon auf der Terrasse, spähte hinaus und rief: »Shenja! Shenja!« Oder: »Mamachen, wo bist du?« Sie beteten immer zusammen und hatten den gleichen unerschütterlichen Glauben an Gott; sie verstanden einander immer, selbst wenn sie schwiegen. Auch ihr Verhältnis zu den andern Menschen war stets das gleiche. Jekaterina Pawlowna gewöhnte sich sehr schnell an mich und gewann mich lieb, und wenn ich zwei oder drei Tage ausblieb, so schickte sie gleich fragen, ob ich nicht etwa krank sei. Sie betrachtete meine Skizzen mit dem gleichen Entzücken wie Missjusj, weihte mich ebenso aufrichtig in alle Geheimnisse des Hauses ein und berichtete mir ebenso ausführlich von allen neuesten Ereignissen.

Vor ihrer älteren Tochter hatte sie eine Art religiöse Ehrfurcht. Lida tat niemals zärtlich und sprach nur von ernsten Dingen; sie lebte ihr eigenes Leben und kam ihrer Mutter und Schwester als ein ebenso heiliges und geheimnisvolles Wesen vor, als welches den Matrosen der Admiral erscheint, der stets in seiner Kajüte sitzt.

»Unsere Lida ist ein ungewöhnlicher Mensch«, pflegte die Mutter zu sagen. »Nicht wahr?«

Auch jetzt, während es leise tröpfelte, sprachen wir von Lida.

»Sie ist ein ungewöhnlicher Mensch«, sagte die Mutter und fügte, mit dem Ausdruck einer Verschwörerin ängstlich um sich blickend, hinzu: »Einen solchen Menschen findet man nicht so leicht, obwohl sie mir doch einige Sorge macht. Diese Schulen, Hausapotheken und Bücher – das ist ja alles sehr schön, aber wozu diese Übertreibungen? Sie ist ja schon vierundzwanzig und sollte doch auch an ihre Zukunft denken. Sie steckt so tief in diesen Dingen, dass sie gar nicht sieht, wie die Jahre vergehen … Heiraten sollte sie.«

Shenja, die wieder ganz blaß vom Lesen war, hob ihren Kopf – ihre Frisur war in Unordnung geraten – und sagte wie vor sich hin, auf die Mutter blickend:

»Mamachen, alles hängt doch vom Willen Gottes ab!«

Und sie vertiefte sich wieder in ihr Buch.

Nun kam Bjelokurow in seinem ärmellosen Kleinbürgerrock und gesticktem Hemd. Wir spielten Krokett und Tennis und saßen nachher lange beim Nachtmahl. Lida sprach wieder von den Schulen und von Balagin, der sich des ganzen Kreises bemächtigt hätte. Als ich an diesem Abend von den Woltschaninows heimging, nahm ich die Erinnerung an einen unendlich langen, in Müßiggang verbrachten Tag mit und das traurige Bewusstsein, dass alles in diesem Leben, wie lange es auch währen möchte, schließlich doch einmal ein Ende nehmen müsse. Shenja begleitete uns bis ans Tor; vielleicht aus dem Grunde, weil ich den ganzen Tag von früh bis spät in ihrer Gesellschaft gewesen war, hatte ich plötzlich die Empfindung, dass ich mich ohne sie langweilen würde und dass ich dieser ganzen Familie eigentlich von Herzen zugetan sei; und zum ersten Mal in diesem Sommer überkam mich das Verlangen, etwas zu malen.

»Sagen Sie, warum leben Sie so langweilig und so farblos?«, fragte ich Bjelokurow auf dem Heimwege. »Mein Leben ist langweilig, schwer und einförmig, weil ich ein Künstler und ein Sonderling bin, weil ich von Jugend auf von Neid, Unzufriedenheit mit mir selbst und Unglauben an mein Werk geplagt werde, weil ich niemals Geld habe und mich wie ein Vagabund herumtreibe; aber Sie, der Sie ein gesunder und normaler Mensch und reicher Gutsbesitzer sind, warum leben Sie so uninteressant, warum genießen Sie so wenig vom Leben? Warum haben Sie sich z. B. noch immer nicht in diese Lida oder Shenja verliebt?«,

»Sie vergessen, dass ich eine andere liebe«, erwiderte Bjelokurow.

Er meinte damit seine Freundin Ljubowj Iwanowna, die mit ihm im Gartenhause wohnte. Gar oft sah ich diese sehr korpulente, aufgedunsene und wichtigtuende Dame, die an eine gemästete Gans erinnerte, wie sie in russischer Nationaltracht, mit dicken Glasperlen am Halse und einem aufgespannten Sonnenschirm über dem Kopfe, im Garten spazieren ging und jeden Augenblick vom Dienstmädchen bald zum Essen, bald zum Teetrinken gerufen werden musste. Vor drei Jahren hatte sie sich hier als Sommerfrischlerin eingemietet und blieb, ich weiß nicht, wie, bei Bjelokurow wohnen; offenbar für immer. Sie war an die zehn Jahre älter als er und behandelte ihn sehr streng; wenn er irgendwohin ausging, musste er sie stets zuvor um Erlaubnis bitten. Ich hörte sie oft mit einer Bassstimme schluchzen; in solchen Fällen ließ ich ihr sagen, dass ich, wenn sie nicht sofort aufhörte, die Wohnung kündigen würde; dann hörte sie augenblicklich auf.

Als wir nach Hause gekommen waren, setzte sich Bjelokurow auf das Sofa in meinem Saal und wurde nachdenklich; ich ging aber auf und ab und fühlte mich erregt, wie ein Verliebter. Ich hatte das Verlangen, von den Woltschaninows zu sprechen.

»Lida kann nur einen Semstwoabgeordneten lieben, der das gleiche Interesse für Krankenhäuser und Dorfschulen hat wie sie«, sagte ich. »Aber einem solchen Mädchen zuliebe kann man nicht nur Semstwoabgeordneter werden, sondern auch, wie es im Märchen heißt, ein Paar eiserne Schuhe abtragen. Und Missjusj? Wie reizend ist doch diese Missjusj!«

Nun begann Bjelokurow langatmig von der Krankheit unserer Zeit, vom Pessimismus zu sprechen. Er sprach mit großer Sicherheit und in einem solchen Tone, als ob ich ihm widerspräche. Eine viele hundert Werst weite, öde, einförmige, ausgebrannte Steppe ist nicht imstande, solche Langweile und Wehmut einzujagen, wie ein einziger Mensch, der so dasitzt und redet und gar keine Anstalten macht, wegzugehen.

»Es handelt sich weder um Pessimismus noch um Optimismus«, sagte ich gereizt, »sondern darum, dass unter hundert Menschen neunundneunzig keinen Verstand haben.«

Bjelokurow nahm das persönlich und ging beleidigt fort.

III.

»In Malosjomowo ist der Fürst angekommen; er lässt dich grüßen«, sagte Lida zu ihrer Mutter. Sie war soeben heimgekommen und zog sich gerade die Handschuhe aus. »Er erzählt viel Interessantes ... Er will in der nächsten Semstwoversammlung die Frage von der Schaffung einer ärztlichen Station in Malosjomowo wieder zur Sprache zu bringen; die Aussichten sind zwar sehr gering.« Dann wandte sie sich an mich und sagte: »Entschuldigen Sie, ich vergesse immer, dass Sie sich für diese Dinge nicht interessieren.«

Das ärgerte mich.

»Warum sollte ich mich dafür nicht interessieren?«, fragte ich und zuckte die Achseln. »Sie wollen meine Ansicht gar nicht hören, aber ich versichere Sie, dass die Frage mich außerordentlich interessiert.«

»Ja, wirklich?«

»Ja, wirklich. Ich glaube nämlich, dass die ärztliche Station in Malosjomowo durchaus unnötig ist.«

Ich hatte sie mit meiner gereizten Stimmung angesteckt; sie kniff die Augen zusammen, sah mich an und fragte:

»Was denn ist nötig? Landschaftsbilder?«

»Auch die Landschaftsbilder sind unnötig. Alles ist dort unnötig.«

Sie hatte die Handschuhe abgestreift und entfaltete die Zeitung, die soeben von der Post gekommen war; nach einer Weile sagte sie leise, sich mit großer Mühe beherrschend:

»In der vorigen Woche ist die Bäuerin Anna am Kindbettfieber gestorben; wenn es in der Nähe eine ärztliche Station gegeben hätte, so wäre sie wohl am Leben geblieben. Ich meine, dass auch die Herren Landschaftsmaler irgendwelche Überzeugungen haben sollten.«

»Ich habe die Überzeugung«, antwortete ich, während sie sich hinter dem Zeitungsblatt versteckte, als ob sie mich gar nicht hören wollte. »Ich habe die sehr bestimmte Überzeugung, dass alle diese ärztlichen Stationen, Schulen, Bibliotheken und Hausapotheken bei den herrschenden Zuständen nur zur vollkommenen Versklavung des Volkes führen müssen. Das Volk ist auch ohnehin mit einer schweren Kette gefesselt; Sie und Ihresgleichen suchen aber gar nicht, diese Kette zu sprengen, sondern fügen ihr nur noch neue Kettenglieder hinzu. Das ist meine Überzeugung.«

Sie hob die Augen und lächelte spöttisch. Ich fuhr aber fort, indem ich mir Mühe gab, meine Grundidee möglichst zu betonen:

»Nicht das ist wichtig, dass die Anna am Kindbettfieber gestorben ist, sondern dass alle diese Annas, Mawras und Pelagejas vom frühen Morgen bis zum späten Abend über ihre Kraft arbeiten müssen; dass sie ihr Leben lang für ihre hungrigen und kranken Kinder zittern; dass sie ihr Leben lang vor Tod und Krankheiten Furcht haben; dass sie sich ihr Leben lang kurieren, dass sie früh verwelken, viel zu früh altern und in Schmutz und Gestank sterben; dass auch ihre Kinder dieselbe Qual durchmachen und dass Milliarden von Menschen jahrhundertelang ärger als die Tiere leben, an nichts anderes als an ein Stück trockenes Brot denken und in ewiger Angst zittern. Ihre Lage ist um so entsetzlicher, als sie gar keine Zeit haben, an ihre Seelen zu denken; Hunger, Kälte, tierische Angst, Mühe und Arbeit versperren ihnen wie Schneelawinen alle Ausgänge zu einer geistigen Tätigkeit, die doch nur allein den Menschen vom Tiere unterscheidet und das Leben lebenswert macht. Sie kommen ihnen mit Ihren ärztlichen Stationen und Schulen; damit befreien Sie sie aber nicht von den Fesseln, sondern fügen nur noch neue Fesseln hinzu; indem Sie in ihr Leben neue Vorurteile hineinbringen, vermehren Sie nur ihre Bedürfnisse; ganz abgesehen davon, dass sie für alle diese Mittelchen und Broschüren der Semstwoverwaltung zahlen müssen, folglich gezwungen sind, noch schwerer zu arbeiten.«

»Ich will mit Ihnen nicht streiten«, sagte Lida, indem sie die Zeitung weglegte. »Ich kenne das alles. Ich will Ihnen nur das eine sagen: man darf nicht müßig dasitzen und zuschauen. Es stimmt, dass wir die Menschheit auf diese Weise nicht retten können; es mag auch sein, dass wir uns in vielen Dingen irren; aber wir tun alles, was wir nur können, und darin haben wir recht. Die erhabenste und heiligste Aufgabe des Kulturmenschen besteht darin, dass er seinem Nächsten dient; und so dienen wir unsern Nächsten, wie wir eben können. Ihnen gefällt das nicht, aber allen kann man es ja doch nicht recht machen.«

»Du hast recht, Lida, vollkommen recht«, sagte die Mutter.

In Lidas Gegenwart war sie immer schüchtern. Wenn sie etwas sagte, so blickte sie immer ängstlich auf die Tochter, als fürchte sie, etwas Überflüssiges oder Unpassendes zu sagen; sie widersprach ihr niemals, sondern sagte immer: Ja, Lida, du hast recht!

»Alle die Dorfschulen, alle die Bücher mit den elenden Moralpredigten und Verschen und alle ärztlichen Stationen können die Unkultur und die hohe Sterblichkeitsziffer ebensowenig niederkämpfen, wie das Licht aus Ihren Fenstern den ganzen riesengroßen Garten erleuchten kann«, sagte ich. »Sie geben den Leuten nichts; indem Sie sich in ihr Leben hineinmischen, rufen Sie in ihnen nur neue Bedürfnisse wach und schaffen somit auch neue Anlässe zur Arbeit.«

»Ach mein Gott, der Mensch muss doch arbeiten!«, sagte Lida gereizt. Ich konnte ihr ansehen, dass sie alle meine Gründe für nichtig und lächerlich hielt.

»Man muss die Menschen von der schweren körperlichen Arbeit befreien«, sagte ich. »Man muss ihr Joch erleichtern, ihnen die Möglichkeit geben, etwas aufzuatmen, damit sie nicht ihr ganzes Leben am Herde, am Waschtrog und im Felde verbringen, sondern auch Zeit haben, an ihre Seelen und an Gott zu denken; damit sie sich auch geistig betätigen können. Der Beruf eines jeden Menschen liegt im Geistigen, in der ständigen Suche nach der Wahrheit und dem Sinn des Lebens. Befreien Sie sie von der schweren tierischen Arbeit, lassen Sie sie sich frei fühlen, und dann werden Sie selbst einsehen, welch ein Hohn alle diese Broschüren und Hausapotheken sind. Wenn der Mensch seinen eigentlichen Beruf erkannt hat, so können ihn nur Religion, Wissenschaft und Kunst befriedigen, aber nicht dieser Unsinn.«

»Sie wollen die Menschheit von der Arbeit befreien?« lächelte Lida. »Ist es denn möglich?«

»Ja. Nehmen Sie auf sich einen Teil ihrer Arbeit. Wenn wir alle ohne Ausnahme, ganz gleich, ob wir in der Stadt oder auf dem Lande leben, unter uns die ganze Arbeit aufteilten, die die Menschheit zur Befriedigung ihrer körperlichen Bedürfnisse braucht, so kämen auf einen jeden von uns nicht mehr als zwei oder drei Stunden Arbeit täglich. Stellen Sie sich vor, dass wir alle, wie die Reichen so auch die Armen, nur drei Stunden am Tage arbeiten und die übrige Zeit zu unserer freien Verfügung haben. Stellen Sie sich auch vor, dass wir, um uns unabhängiger von unserer körperlichen Arbeit zu machen, Maschinen erfinden, die Menschenarbeit ersetzen, und unsere Bedürfnisse auf ein Minimum reduzieren. Dass wir unsere Kinder abhärten, damit sie weder Hunger noch Kälte fürchten, und wir nicht immer für ihre Gesundheit zu zittern brauchen, wie Anna, Mawra und Pelageja für das Leben ihrer Kinder zittern. Stellen Sie sich vor, dass wir uns niemals kurieren lassen, dass wir weder Apotheken noch Tabakfabriken noch Schnapsbrennereien haben – wie viel freie Zeit bliebe uns dann! Und diese ganze freie Zeit würden wir den Wissenschaften und den Künsten widmen. Genauso wie die Bauern manchmal in ganzer Gemeinde eine Landstraße ausbessern, so würden auch wir in ganzer Gemeinde die Wahrheit und den Sinn des Lebens suchen; ich bin überzeugt, dass wir dann die Wahrheit sehr schnell finden würden und dass der Mensch von dieser ewigen quälenden, erdrückenden Angst vor dem Tode und sogar vom Tode selbst befreit werden würde.«

»Sie widersprechen sich selbst«, sagte Lida. »Jetzt reden Sie von der Wissenschaft und bestreiten dabei die Notwendigkeit der Volksaufklärung.«

»Eine Aufklärung, die darin besteht, dass der Mensch die Aushängeschilder an den Branntweinschenken und manchmal auch Bücher, die er nicht versteht, lesen kann – eine solche Aufklärung haben wir seit Rjuriks Zeiten; der Lakai Petruschka in Gogols ›Toten Seelen‹ kann schon längst lesen; aber die Bauern im Dorfe sind auch heute noch dieselben wie in Rjuriks Zeiten. Für die Entwicklung seiner geistigen Fähigkeiten braucht das Volk keine Volksschulbildung, sondern Freiheit. Wir brauchen keine Dorfschulen, sondern Universitäten.«

»Sie verwerfen ja auch die Medizin.«

»Ja. Sie hätte sich höchstens noch mit der Erforschung der Krankheiten als Naturerscheinungen zu befassen, doch keineswegs mit ihrer Heilung. Und wenn man schon etwas heilen soll, so nicht die Krankheiten, sondern ihre Ursachen. Beseitigen Sie die Hauptursache aller Krankheiten – die erdrückende körperliche Arbeit, und dann werden sofort alle Krankheiten aufhören. Eine Wissenschaft, die heilen will, kann ich nicht anerkennen«, fuhr ich erregt fort. »Die wahren Wissenschaften und Künste streben nicht nach Zeitlichem und Speziellem, sondern nach Ewigem und Allgemeinem; sie suchen die Wahrheit und den Sinn des Lebens, sie suchen Gott und die Seele; wenn man sie aber an die Bedürfnisse des Tages, an alle diese Hausapotheken und Dorfbibliotheken anhängt, so erschweren sie nur das Leben und machen es komplizierter. Wir haben genügend Mediziner, Apotheker und Juristen; wir haben heute sogar viele Bauern, die lesen und schreiben können; aber wir haben viel zu wenig Biologen, Mathematiker, Philosophen und Dichter. Der ganze Geist, die ganze Seelenenergie werden zur Befriedigung zeitlicher, vergänglicher Bedürfnisse verschwendet ... Die Gelehrten, Dichter und Künstler haben genug zu tun; wir haben es ihnen zu verdanken, dass die körperlichen Bedürfnisse und Bequemlichkeiten sich von Tag zu Tag vermehren; und doch sind wir von der Wahrheit noch immer meilenweit entfernt, und der Mensch ist nach wie vor das raubgierigste und unsauberste Tier. Alles zielt darauf, dass die Menschheit in ihrer Mehrheit ausartet und ihre Lebensfähigkeit für immer verliert. Unter solchen Umständen hat das Leben eines Künstlers gar keinen Sinn, und je begabter er ist, um so seltsamer und unbegreiflicher ist seine Rolle; er schafft ja nur zur Ergötzung des raubgierigen und unsauberen Tieres und zur Aufrechterhaltung der bestehenden Ordnung. Ich will aber nicht arbeiten und werde nicht arbeiten … Alles ist überflüssig, die Erde mag von mir aus in den Tartarus versinken!«

»Missjusj, geh' hinaus«, sagte Lida zu ihrer Schwester. Sie glaubte wohl, dass meine Worte auf das junge Mädchen eine verderbliche Wirkung haben könnten.

Shenja warf der Schwester und der Mutter einen traurigen Blick zu und ging hinaus.

»Solche netten Dinge spricht man nur dann, wenn man seine eigene Gleichgültigkeit rechtfertigen will«, sagte Lida. »Die Notwendigkeit der Krankenhäuser und Schulen zu leugnen ist jedenfalls leichter, als Kranke zu behandeln und Kinder zu unterrichten.«

»Ja, Lida, du hast recht«, sagte die Mutter.

»Sie drohen uns, dass Sie nicht mehr arbeiten werden«, fuhr Lida fort. »Sie schätzen wohl Ihre Arbeit sehr hoch ein. Wir wollen nicht mehr streiten, weil es doch zu nichts führt. Die unvollkommenste Bibliothek oder Apotheke halte ich immer noch für wertvoller als alle Ihre Landschaften.« Nun wandte sie sich zu der Mutter und fuhr in einem ganz andern Tone fort: »Der Fürst ist abgemagert und hat sich stark verändert, seit er uns zum letzten Mal besucht hat. Die Ärzte schicken ihn nach Vichy.«

Sie erzählte der Mutter vom Fürsten, nur um nicht mit mir sprechen zu müssen. Ihr Gesicht glühte; um ihre Aufregung zu verbergen, beugte sie sich ganz tief, wie eine Kurzsichtige, über den Tisch und tat so, als ob sie die Zeitung läse. Meine Anwesenheit war ihr wohl lästig. Ich nahm Abschied und ging.

IV.

Draußen war alles still; das Dorf jenseits des Teiches schlief bereits. Kein einziger Lichtschein war zu sehen, und das Wasser spiegelte nur die blassen Sterne. Vor dem Tore mit dem Löwen stand unbeweglich Shenja. Sie wartete auf mich, um mich eine Strecke zu begleiten.

»Das ganze Dorf schläft«, sagte ich ihr, indem ich ihr gespannt ins Gesicht blickte und ihre auf mich gerichteten dunklen, traurigen Augen sah. »Der Schenkwirt und die Pferdediebe schlafen, aber wir, anständige Menschen, ärgern einander und streiten.«

Es war eine traurige Augustnacht; sie war so traurig, weil schon ein Hauch des Herbstes in der Luft lag. Von einer blutroten Wolke verdeckt, ging der Mond auf und beleuchtete mit schwachem Schein die Straße und die bereits mit Wintersaat bestellten Felder. Jeden Augenblick leuchtete eine Sternschnuppe auf. Shenja ging an meiner Seite und blickte kein einziges Mal zum Himmel hinauf: sie fürchtete die Sternschnuppen.

»Mir scheint, dass Sie recht haben«, sagte sie, in der feuchten Kühle zusammenfahrend. »Wenn sich alle Menschen gemeinsam einer geistigen Tätigkeit hingeben könnten, so würden sie wohl bald alles erfahren.«

»Selbstverständlich. Wir sind höhere Wesen; und wenn wir die ganze Macht des menschlichen Genius erfassten und nur für höhere Ziele lebten, so würden wir schließlich wie die Götter sein. Das wird aber niemals kommen: die Menschheit wird ausarten, und der Genius wird spurlos verschwinden.«

Als man das Tor nicht mehr sehen konnte, blieb Shenja stehen und drückte mir hastig die Hand.

»Gute Nacht«, sagte sie mir; ihre Schultern waren nur mit der leichten Bluse bekleidet, und sie zitterte vor Kälte. »Kommen Sie morgen wieder!«

Es wurde mir so bange beim Gedanken, dass ich in meiner gereizten Stimmung, unzufrieden mit mir selbst und den Menschen, allein bleiben sollte; nun vermied ich es auch, auf die Sternschnuppen zu schauen.

»Bleiben Sie mit mir noch einen Augenblick«, sagte ich. »Ich bitte Sie darum!«

Ich liebte Shenja. Ich liebte sie wohl darum, weil sie mich immer empfing und begleitete und weil sie mich so zärtlich und so entzückt ansah. So rührend schön waren ihr blasses Gesicht, ihr feiner Hals, ihre dünnen Arme, ihr ganzer schwacher Körper, ihr

Nichtstun und ihr ewiges Lesen. Und ihr Geist? Ich hielt sie für sehr klug; mich entzückte ihr offener Blick, ihre durch keinerlei Vorurteile eingeengte Denkweise; vielleicht kam es mir so vor, weil sie ganz anders dachte als die strenge und schöne Lida, die mich nicht leiden mochte. Ich gefiel Shenja als Künstler; ich hatte ihr Herz mit meiner Kunst erobert, und ich fühlte plötzlich das leidenschaftliche Verlangen, nur für sie zu arbeiten; ich dachte an sie als an meine kleine Königin, die gemeinsam mit mir über diese Bäume und Felder, über den Nebel und das Abendrot, über diese ganze wunderbare, bezaubernde Natur herrschen sollte, über die Natur, in der ich mich bisher so hoffnungslos einsam und überflüssig gefühlt hatte.

»Bleiben Sie noch einen Augenblick bei mir!«, flehte ich wieder.

Ich zog meinen Mantel aus und warf ihn über ihre bebenden Schultern; sie fürchtete wohl, in meinem Mantel lächerlich und unschön zu erscheinen: sie lachte auf und warf ihn ab. In diesem Augenblick umarmte ich sie und bedeckte ihr Gesicht, ihre Arme und Schultern mit Küssen.

»Morgen sehen wir uns wieder!«, flüsterte sie und umarmte mich so vorsichtig, als fürchtete sie, durch eine allzu heftige Bewegung die nächtliche Stille zu stören. »Wir haben keine Geheimnisse voreinander, und ich muss sofort alles Mama und Lida erzählen ... Das ist mir so schrecklich! Vor Mama habe ich keine Angst, Mama mag Sie gerne leiden, aber Lida!«

Und sie lief zum Tore zurück.

»Leben Sie wohl!«, rief sie mir zu.

Dann hörte ich sie noch an die zwei Minuten laufen. Ich hatte keine Lust, nach Hause zu gehen, und ich wusste auch nicht, was ich zu Hause anfangen sollte. Ich blieb noch eine Weile, in Gedanken versunken, stehen und ging langsam zurück, um noch einmal das Haus zu sehen, in dem sie wohnte, das liebe, naive, alte Haus, das mich so verständnisvoll mit den Fenstern seines Mezzanins wie mit Augen anblickte. Ich ging an der Terrasse vorbei, setzte mich auf eine Bank am Tennisplatz, in den Schatten einer alten Ulme und sah auf das Haus. In den Fenstern des Mezzanins,wo Missjusj wohnte, leuchtete zuerst ein grelles weißes, und nachher ein ruhiges grünes Licht auf: auf die Lampe wurde ein grüner Schirm aufgesetzt, Schatten huschten an den Fenstern vorbei ... Ich war voller Zärtlichkeit und fühlte mich so ruhig und so zufrieden mit mir selbst; zufrieden, weil es mir gelungen war, in den Bann dieses Mädchens zu geraten und es liebzugewinnen; gleichzeitig fühlte ich auch ein gewisses Unbehagen beim Gedanken, dass nur einige Schritte vor mir, in einem der Zimmer dieses Hauses Lida wohnte, die mich nicht liebte, die mich vielleicht hasste. Ich saß und wartete, ob Shenja nicht noch einmal herauskäme; ich lauschte, und es kam mir vor, als ob im Mezzanin gesprochen wurde.

So verging eine Stunde. Das grüne Licht erlosch, und die Schatten verschwanden. Der Mond stand hoch über dem Hause und beleuchtete den schlafenden Garten und alle Gartenwege; die Georginen und Rosen in den Beeten vor dem Hause waren deutlich zu sehen und schienen alle von der gleichen Farbe. Es war allmählich sehr kalt geworden. Ich ging aus dem Garten, hob den Mantel auf und schritt langsam meiner Wohnung zu.

Als ich am nächsten Nachmittag zu den Woltschaninows kam, stand die Glastür zum Garten weit offen. Ich saß eine Zeit lang auf der Terrasse und wartete, dass bei den Blumenbeeten oder in einer der Alleen Shenja erscheint, oder ihre Stimme aus dem Innern des Hauses dringt; dann ging ich in den Salon und in das Esszimmer. Ich fand keinen Menschen vor. Aus dem Esszimmer kam ich durch einen langen Korridor ins Vorzimmer und kehrte wieder um. Im Korridor waren viele Türen, und hinter einer der Türen hörte ich Lidas Stimme.

»Die Krähe ... fand ...«, sprach sie laut und gedehnt, offenbar diktierend: »fand einmal ein Stückchen Käse ... Die Krähe fand ... fand ... Wer ist da?«, fragte sie plötzlich, als sie meine Schritte hörte.

»Ich bin es.«

»Ach so! Entschuldigen Sie, ich kann nicht zu Ihnen herauskommen, ich gebe der Dascha Stunde.«

»Ist Jekaterina Pawlowna im Garten?«

»Nein, sie ist heute früh mit meiner Schwester zu einer Tante nach dem Pensa'schen Gouvernement verreist. Und im Winter gehen sie wahrscheinlich nach dem Auslande …«, fügte sie nach einer kurzen Pause hinzu. »Die Krähe fand … einmal ein Stückchen Käse … Hast du es schon geschrieben?«

Ich stand im Vorzimmer und sah, ohne an etwas zu denken, auf den Teich und auf das Dorf und hörte noch immer:

»Ein Stückchen Käse … Die Krähe fand einmal ein Stückchen Käse …«

Ich verließ das Haus auf dem gleichen Wege, auf dem ich zum ersten Mal hingekommen war, und sah alles in der umgekehrten Reihenfolge: zuerst den Hof, dann den Garten, das Haus und die Lindenallee … Hier holte mich ein Junge ein und drückte mir einen Zettel in die Hand: »Ich habe alles meiner Schwester erzählt, und sie will, dass ich mich von Ihnen trenne«, las ich auf dem Zettel. »Ich hatte nicht die Kraft, ihr durch Ungehorsam Kummer zu bereiten. Gott gebe Ihnen Glück, verzeihen Sie mir. Wenn Sie wüssten, wie wir beide, Mama und ich, weinen!«

Dann kam die dunkle Tannenallee und der eingefallene Zaun … Auf dem Felde, wo damals das Korn blühte und die Wachteln hüpften, weideten jetzt Kühe und Pferde. Auf den Hügeln grünte hie und da das Winterkorn. Meiner bemächtigte sich eine nüchterne, alltägliche Stimmung; ich schämte mich plötzlich aller Worte, die ich bei den Woltschaninows gesprochen hatte, und das Leben erschien mir wieder so leer und langweilig. Als ich nach Hause kam, packte ich meine Sachen zusammen und verreiste am gleichen Abend nach Petersburg.

Die Woltschaninows sah ich niemals wieder. Als ich vor kurzem nach der Krim reiste, traf ich im Eisenbahncoupé Bjelokurow. Er trug noch immer einen ärmellosen Kleinbürgerrock und ein gesticktes Hemd. Als ich ihn nach seinem Befinden fragte, antwortete er: »Dank Ihren Gebeten nicht schlecht.« Wir kamen ins Gespräch. Er hatte sein Gut verkauft und ein anderes, kleineres auf den Namen seiner Ljubowj Iwanowna gekauft. Von den Woltschaninows konnte er nur wenig berichten. Lida lebte noch immer in Schelkowka und unterrichtete die Bauernkinder; es war ihr schließlich gelungen, einen Kreis von ihr sympathischen Menschen zu bilden, die sich zu einer starken Partei zusammenschlossen und bei den letzten Semstwowahlen Balagin, der den ganzen Kreis in seiner Gewalt gehabt hatte, stürzten. Über Shenja konnte er mir nur sagen, dass sie nicht mehr zu Hause lebte und sich unbekannt wo aufhielt.

Ich fange schon an, das Haus mit dem Mezzanin zu vergessen. Nur ab und zu, wenn ich lese oder schreibe, erinnere ich mich plötzlich, ohne jeden Anlass, an das grüne Licht im Fenster oder an meine eigenen Schritte, wie sie damals nachts im Felde hallten, als ich verliebt nach Hause ging und mir vor Kälte die Hände rieb. Noch seltener, wenn mich Einsamkeit und Trauer bedrücken, erinnere ich mich dunkel an alles, was gewesen, und ich habe das Gefühl, dass jemand ebenso an mich denkt und mich erwartet, und dass wir uns noch einmal begegnen …

Missjusj, wo bist du?

Erzählung der Frau N. N.

Vor neun Jahren um die Zeit der Heuernte ritt ich eines Abends mit Pjotr Ssergejewitsch, der damals Hilfs-Untersuchungsrichter war, zur Bahnstation, um die Post zu holen.

Das Wetter war herrlich, aber auf dem Rückwege hörten wir plötzlich einen fernen Donner und sahen eine böse schwarze Wolke, die direkt auf uns loszog. Die Wolke näherte sich uns, und wir ritten auf sie zu.

Auf diesem dunklen Hintergrunde hoben sich grell unser weißes Haus, die weiße Kirche und die silbernen Pappeln ab. Es roch nach Regen und frisch gemähtem Gras. Mein Begleiter war besonders gut aufgelegt. Er lachte viel und redete lauter Unsinn. Er sagte, dass es gut wäre, wenn wir unterwegs auf ein mittelalterliches Schloss mit Zinnen und Türmen, wo alles von Moos überwuchert wäre und wo Eulen hausten, stießen und uns darin vor dem Regen verstecken könnten, und wenn uns schließlich ein Blitz träfe …

Da lief aber schon über das Korn und den Hafer die erste Welle, und ein heftiger Windstoß hob eine Staubwolke in die Luft und ließ sie kreisen. Pjotr Ssergejewitsch lachte und gab seinem Pferde die Sporen.

»Wie schön!«, rief er aus. »Wie wunderschön!«

Er hatte mich mit seiner lustigen Stimmung angesteckt; ich dachte daran, dass ich gleich bis auf die Haut nass werden würde oder auch vom Blitze getroffen werden könnte, und fing gleich ihm zu lachen an.

Dieser Sturm und der rasche Ritt gegen den Wind raubten mir den Atem; ich fühlte mich wie ein Vogel, und meine Brust hob und senkte sich in höchster Erregung. Als wir unsern Hof erreichten, hatte sich der Wind bereits gelegt, und große, schwere Regentropfen prasselten auf den Rasen und auf die

Dächer nieder. In der Nähe der Stallungen war kein Mensch zu finden.

Pjotr Ssergejewitsch zäumte eigenhändig beide Pferde ab und brachte sie in den Stall. Ich stand indessen an der Schwelle und sah auf die schrägen Regenstreifen; der süßliche, aufregende Heuduft war hier stärker als draußen im Felde; die Wolken und der Regen dämpften das Tageslicht, und alles sah wie in der Dämmerung aus.

»Das war ein Schlag!«, sagte Pjotr Ssergejewitsch nach einem sehr starken, dröhnenden Donnerschlage, auf mich zugehend; es krachte, als ob der Himmel in Stücke ginge. »Das war doch schön?«

Er stand neben mir an der Schwelle, nach dem schnellen Ritt noch immer keuchend, und sah mich an. Ich fühlte, dass er mich bewunderte.

»Natalja Wladimirowna«, sagte er mir, »ich würde alles hingeben, nur um immer so stehen und auf Sie schauen zu dürfen. Sie sind heute so schön.«

Er blickte mich flehend und entzückt an, sein Gesicht war blass, in seinem Bart glänzten Regentropfen, und es kam mir vor, dass auch sie mich mit Liebe ansahen.

»Ich liebe Sie«, sagte er. »Ich liebe Sie und bin glücklich, dass ich Sie sehe. Ich weiß, dass Sie nicht die Meinige werden können, aber ich will nichts, und ich brauche nichts; ich will nur, dass Sie wissen, wie sehr ich Sie liebe. Schweigen Sie, sagen Sie nichts, schenken Sie mir keine Beachtung; aber fühlen Sie, wie teuer Sie mir sind, und lassen Sie mich Sie anschauen.«

Seine Erregung überkam auch mich. Ich sah sein begeistertes Gesicht, ich hörte seine Stimme, die sich mit dem Rauschen des Regens vermengte, und stand regungslos und wie bezaubert da.

Ich wollte immer diese glänzenden Augen sehen und seine Stimme hören.

»Sie schweigen, und das ist schön!«, sagte Pjotr Ssergejewitsch. »Bleiben Sie so!«

Mir war so wohl zumute. Ich lachte vor Vergnügen und rannte

durch den Regen nach Hause; auch er lachte und lief mir hüpfend nach.

Wir stürzten beide wie Kinder polternd, durchnässt und atemlos ins Zimmer. Mein Vater und mein Bruder, die nicht gewohnt waren, mich lachend und ausgelassen zu sehen, blickten mich erstaunt an und begannen gleichfalls zu lachen.

Die Gewitterwolken verzogen sich, der letzte Donner war verhallt, aber im Barte Pjotr Ssergejewitschs glänzten noch immer Regentropfen. Er sang und pfiff den ganzen Abend bis zum Abendbrot, spielte mit unserem Hund und jagte ihm so wild von Zimmer zu Zimmer nach, dass er beinahe den Diener, der den Samowar brachte, umwarf. Beim Abendbrot aß er sehr viel, redete Unsinn und behauptete, dass, wenn man im Winter eine frische Gurke esse, man im Munde den Duft des Frühlings habe.

Als ich vor dem Schlafengehen das Licht anzündete und mein Schlafzimmerfenster weit aufmachte, überkam mich ein eigentümliches, unbestimmtes Gefühl. Ich dachte daran, dass ich frei, gesund, vornehm und reich sei, dass ich geliebt werde; doch vor allen Dingen, dass ich vornehm und reich sei; vornehm und reich, mein Gott, wie schön ist das! … Und als ich nachher im Bette lag und von der nächtlichen Kühle, die aus dem Garten in mein Zimmer drang, leicht zitterte, fragte ich mich, ob ich Pjotr Ssergejewitsch liebte oder nicht … Ich konnte mir darüber keine Rechenschaft geben und schlief schließlich ein.

Und als ich am nächsten Morgen auf meinem Bette die zitternden Sonnenflecke und die Schatten der Lindenzweige sah, lebte in meiner Erinnerung alles, was gestern vorgefallen war, von neuem auf. Das Leben erschien mir so reich, bunt und voller Reize. Ich kleidete mich, immer vor mich hinträllernd, an und lief in den Garten …

Was weiter kam? Nichts. Im Winter, als wir wieder in der Stadt wohnten, besuchte uns Pjotr Ssergejewitsch sehr selten. Leute, die man auf dem Lande kennengelernt hat, haben nur im Sommer und auf dem Lande ihren Reiz; aber im Winter und in der Stadt verlieren sie die Hälfte ihrer Anziehungskraft. Wenn sie bei uns in der Stadt am Teetische sitzen, so scheint es uns immer, dass sie viel zu weite Röcke anhaben und ihren Tee viel zu lange umrühren. Pjotr Ssergejewitsch sprach auch in der Stadt zuweilen von seiner Liebe, es klang aber ganz anders als auf dem Lande. In der Stadt fühlten wir viel deutlicher die Mauer, die uns voneinander trennte: ich war reich und vornehm, und er arm, bürgerlicher Abstammung, Sohn eines Küsters und nur Hilfs-Untersuchungsrichter; wir beide – ich, weil ich jung war, und er, ich weiß nicht, warum – hielten diese Mauer für stark und unüberwindlich. Wenn er uns in der Stadt besuchte, so lächelte er gezwungen und kritisierte die vornehme Welt oder schwieg, wenn sonst jemand im Zimmer war. Es gibt keine Mauer, die man nicht durchbrechen kann, aber die Romanhelden von heute sind, soweit ich sie kenne, viel zu schüchtern, schwächlich, träge und ängstlich; sie finden sich viel zu leicht und viel zu schnell mit dem Gedanken ab, dass sie Pechvögel sind und dass das Leben sie betrogen hat; statt zu kämpfen, kritisieren sie alles, finden die ganze Welt banal und denken dabei gar nicht, dass auch ihre Kritik allmählich zu einer Banalität ausartet.

Ich wurde geliebt, das Glück war so nahe, dass ich es mit meiner Schulter berührte; ich lebte vergnügt in den Tag hinein und versuchte gar nicht, mir Rechenschaft darüber abzugeben, was ich von der Zukunft erwartete und vom Leben verlangte; und die Zeit ging dahin … Menschen zogen mit ihrer Liebe an mir vorbei, heitere Tage und warme Nächte lösten einander ab, Nachtigallen schlugen, das frisch gemähte Gras duftete, und all das Liebe, das mir in der Erinnerung später so erstaunlich erschien, glitt schnell, spurlos und von mir missachtet vorüber und zerschmolz wie ein Nebel … Wo ist es nun alles geblieben?

Mein Vater starb, und ich wurde älter; alles, was mich bezauberte, was mich zärtlich umfing und mit Hoffnung erfüllte, ist zu einer bloßen Erinnerung geworden, und ich sehe nichts als eine gleichförmige, öde Steppe vor mir; in der Steppe ist keine Menschenseele, und am Horizont ist es so schrecklich und finster …

Da klingelt es wieder … Es ist Pjotr Ssergejewitsch. Wenn ich im Winter die Bäume sehe und daran denke, wie sie im Sommer für mich grünten, so flüstere ich:

»Ihr meine Lieben …«

Und wenn ich Menschen sehe, mit denen ich meinen Frühling verbracht habe, so wird mir traurig und warm ums Herz und ich flüstere dasselbe.

Pjotr Ssergejewitsch ist, dank der Verwendung meines Vaters, schon längst in die Stadt versetzt worden. Er ist etwas gealtert und abgemagert. Er macht mir keine Liebeserklärungen mehr, spricht keine Dummheiten, verachtet seine Amtstätigkeit, hat irgendein Leiden, ist vom Leben enttäuscht und lebt ohne jede Lust dahin. Er setzte sich an den Kamin und blickte schweigend ins Feuer. Ich wusste nicht, was ich sagen sollte, und fragte:

»Nun, was gibt's?«

»Nichts Besonderes …«, erwiderte er.

Wir schwiegen beide wieder. Der rote Widerschein vom Kamin zitterte auf seinem traurigen Gesicht.

Und mir fiel wieder alles Vergangene ein, meine Schultern begannen zu beben, mein Kopf fiel auf die Brust, und ich brach in Tränen aus. Ich fühlte tiefes Mitleid mit mir selbst und mit diesem Menschen, und ich sehnte mich so leidenschaftlich nach allem, was vergangen war, und was uns das Leben nicht mehr zu geben vermochte. Und ich dachte nicht mehr daran, dass ich reich und vornehm sei.

Ich schluchzte laut, presste mir die Schläfen zusammen und flüsterte:

»Mein Gott, mein Gott, wie ist doch mein Leben zugrunde gerichtet …«

Und er saß schweigend da und sagte mir nicht: »Weinen Sie nicht.« Er fühlte, dass die Zeit gekommen war, wo man weinen musste. Ich las es in seinen Augen, dass er mit mir Mitleid hatte; und auch er tat mir leid, und ich ärgerte mich zugleich über diesen schüchternen Unglücksmenschen, der weder mein noch sein Leben hatte einzurichten verstanden.

Als wir uns im Vorzimmer verabschiedeten, brauchte er auffallend viel Zeit, um seinen Pelzmantel anzuziehen. Er küsste mir zweimal stumm die Hand und sah mir lange in mein verweintes Gesicht. Ich glaube, dass er in diesen Augenblicken an das Gewitter, an die Regenstreifen, an unser Lachen und an mein Gesicht von damals dachte. Er wollte mir offenbar etwas sagen, sagte aber nichts, sondern schüttelte nur den Kopf und drückte mir fest die Hand. Gott mit ihm!

Nachdem ich ihn hinausbegleitet hatte, kehrte ich in mein Boudoir zurück und setzte mich auf den Teppich vor den Kamin. Die rote Kohlenglut war mit Asche überzogen und verglomm. Der Frost klopfte noch wütender an die Fensterscheiben, und der Wind im Schornstein sang sein Lied.

Das Dienstmädchen kam herein. Sie glaubte, dass ich eingeschlafen sei, und rief: »Gnädiges Fräulein …«

Wjerotschka

Iwan Alexejewitsch Ognjow kann sich noch gut erinnern, wie er an jenem Augustabend die Glastür aufriss, so dass sie klirrte, und auf die Terrasse hinaustrat. Er trug damals einen leichten Havelock und einen weitkrempigen Strohhut, der jetzt zusammen mit seinen Kanonenstiefeln im Staube unter dem Bette liegt. In der einen Hand hatte er einen Pack Bücher und Hefte und in der andern einen dicken Knotenstock.

Hinter der Türe stand, mit einer Lampe in der Hand, der Herr des Hauses, Kusnezow, ein kahlköpfiger Alter mit langem grauem Bart, in einer schneeweißen Pikeejacke. Der Alte lächelte gutmütig und nickte mit dem Kopf.

»Leben Sie wohl, ehrwürdiger Greis!«, rief ihm Ognjow zu.

Kusnezow stellte die Lampe auf ein Tischchen und kam auf die Terrasse hinaus. Zwei lange, schmale Schatten schritten über die Stufen zu den Blumenbeeten hin, schwankten und stemmten sich mit den Köpfen gegen die Linden.

»Leben Sie wohl und haben Sie noch einmal vielen Dank, mein Guter!«, sagte Iwan Alexejewitsch. »Ich danke Ihnen für Ihre Güte und Freundlichkeit und für Ihre Liebe ... Niemals, niemals werde ich Ihre Gastfreundschaft vergessen! Sie sind ein guter Mensch, und Ihr Töchterchen ist so nett, und alle Ihrigen sind so gute, lustige und freundliche Menschen ... Es ist eine so prächtige Gesellschaft, dass ich es gar nicht sagen kann!«

Vor lauter Rührung und unter dem Einflusse des soeben getrunkenen hausgemachten Likörs sprach Ognjow in singendem Seminaristenton und äußerte seine Gefühle weniger mit Worten als mit Augenzwinkern und Achselzucken. Kusnezow, der ebenfalls gerührt und etwas berauscht war, ging ganz nahe auf den jungen Mann zu und küsste ihn.

»Ich hänge an Ihnen wie ein Hühnerhund!«, fuhr Ognjow

fort. »Fast jeden Tag kam ich zu Ihnen ins Haus, habe an die zehn Mal bei Ihnen übernachtet und habe so viel Likör getrunken, dass es mir ganz bange wird, wenn ich daran denke. Vor allen Dingen danke ich Ihnen aber, Gawrijil Petrowitsch, für Ihre Hilfe und Unterstützung. Ohne Sie hätte ich mich hier wohl bis zum Oktober mit meiner Statistik abgeplagt. Ich werde das auch ausdrücklich im Vorwort erwähnen: ›Ich halte es für meine Pflicht, an dieser Stelle dem Vorsitzenden der N.'schen Kreis-Semstwoverwaltung, Herrn Kusnezow, für seine freundliche Hilfe zu danken.‹ Die Statistik hat ja eine große Zukunft! Wollen Sie Wjera Gawrilowna meinen ergebensten Gruß ausrichten und den Bezirksärzten, den beiden Untersuchungsrichtern und Ihrem Sekretär sagen, dass ich auch ihre Hilfe niemals vergessen werde. Und jetzt, ehrwürdiger Greis, wollen wir uns zum letzten Mal umarmen und küssen.«

Der vor Rührung ganz schlapp gewordene Ognjow küsste noch einmal den Alten und begann die Stufen hinabzusteigen. Auf der letzten Stufe wandte er sich um und fragte:

»Werden wir uns noch einmal wiedersehen?«

»Das weiß Gott allein«, erwiderte der Alte. »Höchstwahrscheinlich niemals.«

»Ja, Sie haben wohl recht! Nach Petersburg kommen Sie doch um nichts in der Welt, und es ist sehr zweifelhaft, ob mich das Schicksal je wieder in diese Gegend verschlägt. Nun, leben Sie wohl!«

»Lassen Sie doch wenigstens die Bücher zurück!«, rief ihm Kusnezow nach. »Warum wollen Sie diese Last unbedingt selbst schleppen? Ich würde sie Ihnen morgen mit einem Diener hinüberschicken.«

Ognjow hörte aber nicht mehr und entfernte sich mit raschen Schritten vom Hause. Es war ihm so lustig, warm und zugleich etwas traurig ums Herz, das noch immer unter der Einwirkung des Alkohols stand … Im Gehen dachte er daran, wie oft man im Leben gute Menschen trifft und wie schade es ist, dass von diesen Begegnungen nichts mehr zurückbleibt als die Erinnerung. Man sieht manchmal am Horizonte einen Zug Kraniche, und der schwache Wind bringt ihre klagenden, erregten Schreie; doch wenn man nach einer Minute noch so gespannt in die Ferne blickt, sieht man keinen einzigen Punkt und hört keinen einzigen Schrei mehr; ebenso tauchen auch die Menschen mit ihren Gesichtern und Stimmen in unserem Leben auf und verschwinden gleich wieder in der Vergangenheit und lassen nichts mehr zurück als die leichte Spur im Gedächtnisse. Iwan Alexejewitsch hatte sich seit dem Frühjahr im N.'schen Kreise aufgehalten und war fast jeden Tag in das gastfreie Haus der Kusnezows gekommen; er hatte sich an den Alten, an seine Tochter und die Dienstboten wie an Verwandte gewöhnt, hatte sich das ganze Haus, die gemütliche Terrasse, die Windungen der Alleen und die Silhouetten der Bäume über der Küche und der Badestube mit allen Einzelheiten eingeprägt; aber wenn er jetzt die Gartenpforte hinter sich schließt, verwandelt sich das alles in eine Erinnerung und verliert für ihn für immer jede reelle Bedeutung; und nach einem Jahre, nach zwei Jahren werden diese lieben Bilder in seinem Bewusstsein ebenso verblasst und unwirklich dastehen wie die Schöpfungen der Phantasie.

»Es gibt im Leben nichts Wertvolleres als die Menschen!«, dachte sich der gerührte Ognjow, während er durch die Allee der Gartenpforte zuschritt. »Die Menschen sind das Wertvollste!«

Im Garten war es still und warm. Es roch nach Reseden, Tabak und Heliotropum, die noch nicht ganz abgeblüht waren. Die Zwischenräume zwischen den Sträuchern und den Baumstämmen waren mit einem dünnen, zarten, vom Mond durchleuchteten Nebel angefüllt, und Ognjow erinnerte sich noch sehr lange daran, wie einzelne Nebelfetzen so langsam, dass es das Auge kaum wahrnehmen konnte, gleich Gespenstern über die Alleen schwebten. Der Mond stand hoch über dem Garten, und unter ihm trieben durchsichtige Nebelflecke nach Osten. Die ganze Welt schien nur aus den schwarzen Silhouetten und den schwebenden weißen Schatten zu bestehen; Ognjow, der den Nebel an einem mondhellen Augustabend wohl zum ersten Mal in seinem

Leben beobachtete, hatte den Eindruck, dass er nicht die Natur vor sich habe, sondern eine Theaterdekoration; dass ungeschickte Pyrotechniker, die den Garten mit weißem bengalischem Licht beleuchten wollten, sich unter den Sträuchern versteckt hätten und zugleich mit dem Licht auch weiße Rauchwolken erzeugten.

Als Ognjow schon an der Gartenpforte war, löste sich vom niedern Zaun ein dunkler Schatten und kam ihm entgegen.

»Wjera Gawrilowna!«, rief er erfreut aus. »Sie sind hier? Und ich habe Sie immer gesucht, um von Ihnen Abschied zu nehmen ... Leben Sie wohl, ich gehe jetzt!«

»So früh? Es ist ja erst elf.«

»Nein, es ist Zeit! Ich habe ja fünf Werst zu gehen und will noch heute meine Sachen packen. Und morgen muss ich früh aufstehen ...«

Vor Ognjow stand Kusnezows Tochter Wjera, ein Mädchen von einundzwanzig Jahren; sie war wie immer nachlässig gekleidet, traurig und interessant. Junge Mädchen, die träumerisch veranlagt sind, den ganzen Tag herumliegen und alles lesen, was ihnen gerade in die Hand kommt, die sich langweilen und oft traurig sind, kleiden sich immer sehr nachlässig. Solche unter ihnen, die von Natur Geschmack und einen Sinn für Schönheit haben, gewinnen durch diese Nachlässigkeit in der Kleidung einen gewissen Reiz. Als Ognjow nach Jahren an die hübsche Wjerotschka zurückdachte, konnte er sie sich nicht anders vorstellen als in einer losen Bluse, die an der Taille weite Falten bildete, ohne dabei am Körper anzuliegen, mit einer Locke, die sich aus der hohen Frisur losgemacht hatte und auf die Stirne fiel, und mit einem roten wollenen Tuch mit kleinen weichen Troddeln am Rande, das am Abend so traurig wie eine Fahne bei windstillem Wetter an Wjerotschkas Schultern hing und tagsüber entweder im Vorzimmer neben den Mützen der Männer oder im Esszimmer auf der Truhe herumlag, wo auf ihm ganz ungeniert die alte Katze schlief. Dieses Tuch und die lose Bluse atmeten Faulheit, Häuslichkeit und Gutmütigkeit. Vielleicht deshalb, weil ihm tschka so gut gefiel, sah er in jedem Knopf, in jeder Falte Kleidung etwas Warmes, Anheimelndes, Naives, all das Gute und Poetische, was unaufrichtigen, kalten Frauen, die keinen Sinn für Schönheit haben, fehlt.

Wjerotschka war gut gewachsen, hatte ein regelmäßiges Profil und schönes Lockenhaar. Ognjow, der in seinem Leben wenig Frauen gesehen hatte, hielt sie für eine ausgesprochene Schönheit.

»Ich fahre von Ihnen fort!«, sagte er, indem er sich von ihr an der Gartenpforte verabschiedete. »Behalten Sie mich in gutem Andenken! Ich danke Ihnen für alles.«

Er dankte Wjera für ihre Gastfreiheit, Freundlichkeit und Güte im gleichen singenden Seminaristenton, in dem er vorhin mit dem Alten gesprochen hatte, mit demselben Augenzwinkern und Achselzucken.

»In jedem Brief an meine Mutter schrieb ich von Ihnen«, sagte er. »Wenn alle Menschen so wären wie Sie und Ihr Vater, was wäre das für ein herrliches Leben auf der Welt! Überhaupt sind hier alle Leute so prächtig, so einfach, herzlich und aufrichtig.«

»Wo reisen Sie jetzt hin?«, fragte Wjera.

»Zunächst zu meiner Mutter nach Orjol; dort bleibe ich an die vierzehn Tage. Dann gehe ich nach Petersburg und stürze mich wieder in die Arbeit.«

»Und nachher?«

»Nachher? Den ganzen Winter werde ich arbeiten, und im Frühjahr irgendwohin in die Provinz gehen, um neues Material zu sammeln. Leben Sie wohl, werden Sie hundert Jahre alt und ... behalten Sie mich in gutem Andenken. Wir werden uns nie wiedersehen.«

Ognjow beugte sich vor und küsste Wjerotschka die Hand. Dann stand er noch einige Augenblicke schweigend und erregt da, zupfte sich den Havelock zurecht, nahm den Pack Bücher bequemer unter den Arm und sagte:

»Wie nebelig heute der Abend ist!«

»Ja. Haben Sie bei uns nichts vergessen?«

»Ich glaube, nichts ...«

Ognjow stand noch einige Sekunden schweigend da, wandte sich dann ungelenk zur Pforte und verließ den Garten.

»Warten Sie, ich will Sie bis zu unserem Wald begleiten«, sagte Wjera und trat zugleich mit ihm ins Freie.

Sie gingen Seite an Seite über die Landstraße. Die Aussicht war hier von keinen Bäumen verstellt, und man konnte den Himmel und die Ferne sehen. Die ganze Natur hüllte sich in einen durchsichtigen matten Schleier, durch den ihre Schönheit lustig hindurchschimmerte. Der Nebel lagerte sich hier dicht und weiß an den Heuschobern und Sträuchern und schwebte dort in einzelnen Fetzen quer über die Straße oder duckte sich an die Erde, gleichsam um die Aussicht frei zu lassen. Durch den Schleier hindurch konnte man den ganzen Weg bis zum Walde, die dunklen Gräben zu beiden Seiten der Straße und das niedrige Gesträuch sehen, das in den Gräben wuchs und an dem die Nebelfetzen hie und da hängen blieben. Eine halbe Werst vor der Gartenpforte stand als dunkler Streifen der Kusnezow'sche Wald.

– Warum ist sie mitgekommen? Ich werde sie doch wieder zurück begleiten müssen! –, sagte sich Ognjow. Er streifte aber mit einem Blick Wjeras Profil, lächelte ihr freundlich zu und sagte:

»Bei so schönem Wetter hat man wirklich keine Lust, wegzureisen. Es ist ein echter romantischer Abend, mit Mondlicht, Stille und sonstigem Zubehör. Wissen Sie was, Wjera Gawrilowna? Ich bin schon neunundzwanzig Jahre alt und habe noch keinen einzigen Roman gehabt. Solange ich lebe, war ich noch an keiner einzigen romantischen Geschichte beteiligt und kenne daher alle die Rendezvous, Seufzeralleen und Küsse nur vom Hörensagen. Das ist doch wirklich nicht normal! Wenn ich in der Stadt in meiner Pension sitze, so empfinde ich diesen Mangel nicht; aber hier, in Gottes freier Natur spüre ich ihn sehr stark ... Und dieses Gefühl ist gewissermaßen kränkend!«

»Warum sind Sie so?«

»Ich weiß es nicht. Vielleicht, weil ich niemals Zeit habe; vielleicht auch daher, weil ich noch keine Frau kennengelernt habe, welche … Ich habe überhaupt sehr wenig Bekanntschaften und verkehre mit niemand.«

An die dreihundert Schritte gingen die jungen Leute schweigend. Ognjow warf verstohlene Blicke auf Wjeras bloßen Kopf und rotes Tuch, und in seinem Herzen lebte eine lange Reihe von Frühlings- und Sommertagen auf; es war die Zeit, wo er, fern seiner öden Petersburger Pension, sich an der Gesellschaft guter, herzlicher Menschen, an der Natur und an der Arbeit, die er so liebte, erfreute und gar nicht merkte, wie das Morgenrot und das Abendrot einander ablösen und wie alle Vögel – zuerst die Nachtigall, dann die Wachtel und etwas später der Wiesenschnarrer – verstummten und so das Ende des Sommers anzeigten … Die Tage gingen schnell dahin, folglich lebte es sich hier gut und leicht … Er dachte jetzt wieder daran, mit welchem Unbehagen er, der in beschränkten Verhältnissen lebte und den Verkehr mit Menschen nicht gewohnt war, Ende April nach diesem N.'schen Kreise gekommen war, wo er nichts als Langeweile, Einsamkeit und Gleichgültigkeit der Statistik gegenüber, die er für eine der wichtigsten Wissenschaften hielt, zu finden glaubte. Er kam an einem Aprilmorgen nach N. und mietete sich im Gasthause des Altgläubigen Rjabuchin ein; er bekam für zwanzig Kopeken täglich ein helles und sauberes Zimmer, doch unter der Bedingung, dass er im Hause nicht rauchen werde. Nachdem er etwas ausgeruht hatte, erkundigte er sich nach dem Vorsitzenden der Semstwoverwaltung und begab sich sofort zu Fuß zu Gawrijil Petrowitsch. Er musste vier Werst weit durch üppige Wiesen und junges Gehölz gehen. Unter den Wolken schmetterten silbern die Lerchen, und über den grünenden Ackern flogen, solid und langsam die Flügel bewegend, die Saatkrähen.

»Mein Gott«, wunderte sich damals Ognjow. »Atmen denn die Leute hier immer diese Luft? Oder duftet es hier nur heute so mir zu Ehren?«

Er erwartete, dass Kusnezow ihn trocken und geschäftsmäßig empfangen würde, und trat ins Haus schüchtern, mürrisch blickend und verlegen an seinem Bärtchen zupfend. Der Alte runzelte anfangs die Stirn und konnte unmöglich begreifen, was der junge Mann mit seiner Statistik von der Semstwoverwaltung wollte; als dieser ihm aber ausführlich darlegte, was ein statistisches Material sei und wo man es sammeln müsse, gewann Gawrijil Petrowitsch sofort Interesse für die Sache; er lächelte ihm zu und begann mit kindlicher Neugierde in den Heften zu blättern. Am Abend des gleichen Tages aß Iwan Alexejewitsch bei den Kusnezows zu Abend, trank den starken hausgemachten Likör und war bald etwas angeheitert; und während er die ruhigen Gesichter und die langsamen Bewegungen seiner neuen Bekannten studierte, fühlte er in seinem ganzen Wesen eine süße Schläfrigkeit, den Wunsch, sich zu strecken und zu lächeln. Die neuen Bekannten betrachteten ihn aber mit gutmütigen Blicken und erkundigten sich, ob seine Eltern noch am Leben seien, wie viel Gehalt er im Monat bekäme und ob er oft das Theater besuche …

Ognjow erinnerte sich auch an alle seine Fahrten durch die Dörfer, an die Picknicks, das Angeln im Flusse, an einen Ausflug in großer Gesellschaft nach dem Nonnenkloster, wo die Äbtissin Marfa jedem Gast einen perlengestickten Beutel schenkte; er erinnerte sich an die heißen, unendlichen, echt russsischen Debatten, deren Teilnehmer vor Wut schäumten, mit den Fäusten auf den Tisch hämmerten, einander missverstanden und in einem fort unterbrachen, sich selbst, ohne es zu merken, in jedem Satz widersprachen, jeden Augenblick das Thema wechselten und, nachdem sie so zwei oder drei Stunden gestritten hatten, plötzlich zu lachen anfingen und sagten:

»Weiß der Kuckuck, worüber streiten wir eigentlich?! Es fing so schön an und endete beinahe mit einer Prügelei!«

»Wissen Sie noch, wie Sie, ich und der Doktor nach Schestowo ritten?«, fragte Iwan Alexejewitsch Wjerotschka, als sie sich dem Walde näherten. »Wir trafen unterwegs einen Verrückten. Ich gab ihm ein Fünfkopekenstück, er bekreuzigte sich aber dreimal und warf die Münze in das Korn. Mein Gott, wie viel schöne Erinnerungen nehme ich mit! Wenn ich sie zu einer kompakten Masse verdichten könnte, so hätte ich wohl einen schweren Klumpen gediegenen Goldes! Ich kann nicht verstehen, warum kluge und feinfühlende Menschen in den Hauptstädten zusammengedrängt leben und nicht hierher ziehen. Gibt es denn auf dem Newskij-Prospekt in den großen, feuchten Häusern mehr Raum und Wahrheit als hier? Die Pension, in der ich wohne und die von oben bis unten mit Künstlern, Gelehrten und Journalisten vollgepfropft ist, erschien mir immer als ein Vorurteil.«

Zwanzig Schritte vor dem Walde führte die Straße über eine schmale Brücke mit vier Pfosten an den Ecken; an dieser Stelle pflegten die Kusnezows und ihre Gäste bei den abendlichen Spaziergängen Station zu machen. Von hier aus konnte man das Echo necken und sehen, wie die Straße im schwarzen Dickicht verschwand.

»Da ist ja schon die Brücke!«, sagte Ognjow. »Hier müssen Sie umkehren …«

Wjera blieb stehen und holte tief Atem.

»Wollen wir noch etwas sitzen«, sagte sie, indem sie sich auf einen Pfosten setzte. »Die russische Sitte verlangt, dass man beim Abschiednehmen vor der Abreise noch etwas sitzt.«

Ognjow setzte sich neben sie auf seinen Bücherpack und sprach weiter. Sie war vom Gehen ermüdet und atmete schwer. Sie blickte nicht auf Iwan Alexejewitsch, sondern auf die Seite, so dass er ihr Gesicht nicht sehen konnte.

»Vielleicht begegnen wir uns einmal nach zehn Jahren wieder«, sagte er. »Wie werden wir in zehn Jahren ausschauen? Sie werden wohl eine ehrwürdige Familienmutter sein, und ich der Verfasser eines ehrwürdigen, aber absolut unnötigen statistischen Werkes, so dick wie vierzigtausend andere statistische Werke. Wir werden uns begegnen und vom Vergangenen sprechen … Jetzt empfinden wir die Gegenwart, sie erfüllt uns und regt uns auf; doch wenn wir uns in zehn Jahren wiedersehen, werden wir uns weder an das Datum noch an den Monat noch sogar an das Jahr unseres letzten Gesprächs hier an dieser Brücke erinnern. Sie werden sich vielleicht verändert haben … Sagen Sie einmal, werden Sie sich verändern?«

Wjera fuhr zusammen und wandte ihm das Gesicht zu.
»Was?«, fragte sie.
»Ich fragte Sie soeben …«
»Entschuldigen Sie, ich habe nicht zugehört.«
Erst in diesem Augenblick merkte Ognjow, dass Wjera plötzlich eine andere geworden war. Sie war blass und atmete schwer; das Beben ihrer Atemzüge teilte sich auch ihren Armen, Lippen und ihrem Kopfe mit; aus ihrer Frisur fielen zwei Locken, statt einer Locke auf die Stirne herab … Sie vermied es, ihm gerade in die Augen zu blicken, und versuchte ihre Erregung zu verbergen, indem sie bald ihren Stehkragen, der sie zu drücken schien, zurechtrückte, bald ihr rotes Tuch von der einen Schulter auf die andere hinüberzog.
»Ich glaube, es ist Ihnen zu kalt«, sagte Ognjow. »Es kann wohl kaum gesund sein, im Nebel hier zu sitzen. Ich will Sie jetzt nach Hause begleiten.«
Wjera schwieg.
»Was haben Sie?«, fragte Iwan Alexejewitsch lächelnd. »Sie schweigen und beantworten meine Fragen nicht. Ist Ihnen unwohl? Oder sind Sie mir böse?«
Wjera drückte ihre Hand fest an die Wange, die Ognjow zugekehrt war, und zog sie gleich wieder zurück.
»Es ist fürchterlich …«, flüsterte sie mit dem Ausdrucke großen Schmerzes in den Zügen. »So fürchterlich!«
»Was ist so fürchterlich?«, fragte Ognjow, erstaunt die Achseln zuckend. »Was ist eigentlich los?«
Wjera atmete noch immer schwer, und ihre Schultern bebten. Sie kehrte ihm den Rücken, blickte eine halbe Minute zum Himmel empor und sagte schließlich:
»Ich muss mit Ihnen sprechen, Iwan Alexejewitsch …«
»Ich höre zu.«
»Es wird Ihnen vielleicht etwas sonderbar erscheinen … Sie werden erstaunt sein, aber mir ist alles eins …«
Ognjow zuckte wieder die Achseln und machte sich bereit, ihr zuzuhören.

»Also sehen Sie …«, begann Wjera, indem sie ihren Kopf neigte und mit einer Troddel an ihrem Tuche spielte. »Sehen Sie, ich wollte Ihnen … ich will Ihnen Folgendes sagen … Es wird Ihnen sonderbar und … dumm erscheinen, aber ich kann nicht länger schweigen …«

Wjeras Rede ging in ein unverständliches Murmeln über und wurde plötzlich von Schluchzen unterbrochen. Das junge Mädchen bedeckte ihr Gesicht mit dem Taschentuch, beugte sich noch tiefer und begann bitterlich zu weinen. Iwan Alexejewitsch räusperte sich verlegen und bestürzt; er wusste nicht, was zu tun und was zu sagen und blickte hilflos nach allen Seiten. Da er Weinen und Tränen nicht gewohnt war, juckten auch ihm die Augen.

»Was soll das?!«, murmelte er ganz fassungslos. »Wjera Gawrilowna, ich frage Sie, was soll das? Mein Täubchen, sind Sie krank? Oder hat man Ihnen etwas zu Leide getan? Sagen Sie es mir, vielleicht … vielleicht werde ich Ihnen helfen können …«

Er versuchte, sie zu trösten, und erlaubte sich, ihre Hände vorsichtig vom Gesicht wegzuziehen; in diesem Augenblick lächelte sie ihm aber unter Tränen zu und sagte:

»Ich … ich liebe Sie!«

Diese klaren und ungewöhnlichen Worte sagte sie in gewöhnlicher Menschensprache, aber Ognjow wandte sich von ihr verlegen weg und stand auf; seine Bestürzung ging in Angst über.

Die traurige, warme und sentimentale Stimmung, die vom Abschiednehmen und vom Likör herrührte, hatte sich plötzlich verflüchtigt, und an ihre Stelle war ein peinliches und unangenehmes Gefühl getreten. Er blickte Wjera verlegen und misstrauisch an, als ob sich in ihm die Seele umgedreht hätte; jetzt, wo sie ihren Stolz, der jeder Frau so gut steht, abgestreift hatte, erschien sie ihm gleichsam kleiner, einfacher und unansehnlicher.

»Was soll das?«, fragte er sich entsetzt. »Und ich … liebe ich sie oder nicht? Mein Gott, das ist eine schwierige Frage!«

Als sie endlich das Wichtigste und Schwierigste ausgesprochen hatte, atmete sie leicht und frei. Auch sie erhob sich von ihrem Platz und begann hastig und leidenschaftlich zu sprechen, indem sie Iwan Alexejewitsch gerade ins Gesicht blickte.

Ebenso wie ein plötzlich erschrockener Mensch sich später unmöglich an die Reihenfolge besinnen kann, in der die Töne der Katastrophe einander gefolgt waren, so kann sich auch Ognjow nicht mehr an die Worte Wjeras erinnern. Er erinnert sich nur an den allgemeinen Inhalt ihrer Rede, an sie selbst und den Eindruck, den ihre Worte auf ihn machten. Er erinnert sich auch an ihre gleichsam erstickte, vor Aufregung heisere Stimme und an ihren ungewöhnlich musikalischen und leidenschaftlichen Ton. Weinend und lachend, mit funkelnden Tränentröpfchen in den Wimpern, sprach sie davon, welch großen Eindruck sein origineller Geist, seine gütigen, klugen Augen, seine Aufgaben und Lebensziele vom ersten Tage an auf sie gemacht hätten, dass sie ihn leidenschaftlich, wahnsinnig und tief liebte; dass ihr Herz, wenn sie an einem Sommertage aus dem Garten ins Haus kam und im Vorzimmer seinen Havelock hängen sah oder aus der Ferne seine Stimme hörte, wie in Vorahnung eines großen Glückes, erzitterte; dass sie selbst über seine harmlosesten Scherze wie ausgelassen lachen musste, dass sie in jeder Ziffer seiner Hefte etwas ungewöhnlich Geistvolles und Großartiges sah, und dass sein Knotenstock ihr schöner als alle Bäume erschien.

Der Wald, die Nebelfetzen, die dunklen Gräben zu beiden Seiten der Landstraße, alles hielt den Atem an und lauschte ihren Worten; aber im Herzen Ognjows ging etwas Übles und Seltsames vor sich … Wjera war, als sie ihm die Liebeserklärung machte, bezaubernd schön und sprach poetisch und leidenschaftlich; er spürte aber weder Genuss noch Lebensfreude, wie er es gewollt hätte, sondern nur tiefes Mitleid mit ihr und ein schmerzliches Bedauern, dass ein guter Mensch seinetwegen so sehr leiden müsse. Gott allein weiß, ob sich in ihm seine Bücherweisheit regte oder der angeborene Hang zur Objektivität, der im Leben so oft störend und hemmend wirkt; aber die Begeisterung und der Schmerz Wjeras erschienen ihm süßlich und nicht ernst genug; gleichzeitig empörte sich in ihm sein Gefühl und raunte ihm zu, dass alles, was er sah und hörte, vom Standpunkte der Natur und des persönlichen Glückes aus, ernster und wichtiger sei als alle Statistiken, Bücher und Wahrheiten … Er ärgerte sich und machte sich Vorwürfe, obwohl er eigentlich gar nicht verstehen konnte, worin seine Schuld bestand.

Seine Verlegenheit war um so größer, als er absolut nicht wusste, was er ihr sagen sollte. Aber etwas musste er ihr doch sagen! Ihr einfach erklären: »Ich liebe Sie nicht«, konnte er nicht übers Herz bringen; aber er konnte ihr auch nicht »Ja« sagen, denn er fand in seinem Herzen, so sehr er darin auch wühlte, keinen einzigen Funken …

Er schwieg, und sie sprach weiter, dass sie kein größeres Glück kenne, als ihn immer anzusehen, ihm überallhin zu folgen, seine Gattin und Stütze zu sein; dass, wenn er sie jetzt verließe, sie vor Kummer sterben würde …

»Ich kann hier nicht länger bleiben!«, sagte sie, sich die Hände ringend. »Ich kann dieses Haus, diesen Wald und diese Luft nicht mehr ausstehen. Ich ertrage nicht diese ewige Ruhe, dieses ziellose Leben, diese blassen und farblosen Menschen, die einander wie die Wassertropfen ähnlich sehen! Sie sind alle herzlich und gutmütig, weil sie satt sind, weil sie weder leiden noch kämpfen … Ich sehne mich aber nach den großen, feuchten Häusern, wo die Menschen leiden, wo sie vor Mühe und Not erbittert sind …«

Auch dies erschien Ognjow süßlich und flach. Als Wjera zu Ende war, wusste er immer noch nicht, was zu sagen. Er durfte aber nicht länger schweigen und murmelte:

»Wjera Gawrilowna, ich bin Ihnen von Herzen dankbar, obwohl ich mir bewusst bin, dass ich … dieses Gefühl von Ihrer Seite … gar nicht verdiene. Und dann muss ich als anständiger Mensch sagen, dass jedes Glück auf einem Gleichgewicht beruhen … ich meine, dass die Liebe bei beiden Teilen … gleich sein muss …«

Ognjow schämte sich aber sofort dieser Worte und verstummte. Er fühlte, dass sein Gesicht in diesem Augenblick einen dummen, schuldbewussten, flachen Ausdruck hatte, dass es unnatürlich gespannt war … Wjera hatte wohl in seinem Gesicht die Wahrheit gelesen: sie wurde plötzlich sehr ernst und blass und ließ den Kopf sinken.

»Entschuldigen Sie mich«, murmelte Ognjow wieder, denn das Schweigen war ihm unerträglich. »Ich achte Sie so sehr, dass … dass es mir wirklich wehtut …«

Wjera wandte sich hastig um und ging mit raschen Schritten dem Hause zu. Ognjow folgte ihr.

»Nein, lassen Sie mich!«, sagte Wjera und winkte mit der Hand ab. »Begleiten Sie mich nicht, ich gehe allein …«

»Es geht doch nicht! Sie können doch nicht allein …«

Alles, was Ognjow sagte, erschien ihm selbst abgeschmackt und dumm. Sein Schuldbewusstsein wuchs mit jedem Schritt, den er machte. Er ärgerte sich, ballte die Fäuste und verfluchte seine Kälte und seine Unfähigkeit, mit Frauen umzugehen. Um sein Blut in Wallung zu bringen, blickte er auf Wjerotschkas schöne Gestalt, auf ihr Haar und auf die Spuren, die ihre kleinen Füße im Staube der Landstraße zurückließen; er rief sich ihre Worte und Tränen in Erinnerung; das alles rührte ihn aber nur, vermochte aber nicht, sein Herz zu entzünden.

»Mein Gott, man kann sich doch nicht zwingen, jemanden zu lieben!«, versuchte er sich einzureden; gleichzeitig sagte er sich aber: »Wann werde ich aber ohne Zwang lieben? Ich bin ja bald dreißig! Ich habe noch nie ein Mädchen gesehen, das besser als diese Wjera wäre, und werde wohl auch nie ein besseres finden … So früh bin ich gealtert! Ein Greis mit dreißig Jahren!«

Wjera ging vor ihm mit immer rascheren Schritten, ohne umzublicken, den Kopf tief gesenkt. Es kam ihm vor, dass sie zusammengeschrumpft, dass sie schmäler geworden wäre …

»Ich kann mir lebhaft denken, wie es ihr jetzt zumute ist!«, sagte er sich, auf ihren Rücken blickend. »Sie empfindet solche Scham und solchen Schmerz, dass sie am liebsten wohl sterben möchte! Mein Gott! Es steckt doch so viel Leben, Poesie und Sinn darin, dass auch ein Stein gerührt wäre; aber ich … ich bin so dumm, so ekelhaft!«

Bei der Gartenpforte warf Wjera einen flüchtigen Blick auf ihn zurück, beugte sich noch tiefer, hüllte sich ins Tuch und ging rasch durch die Allee.

Iwan Alexejewitsch blieb allein zurück. Er ging langsam zum Walde und blieb jeden Augenblick stehen und blickte zurück mit einem Ausdruck, als traute er sich selbst nicht. Er suchte die Spuren ihrer Füße auf der Landstraße und konnte gar nicht glauben, dass das Mädchen, das ihm so sehr gefiel, ihm soeben eine Liebeserklärung gemacht und dass er ihr mit einem rohen »Nein« geantwortet hatte! Zum ersten Mal in seinem Leben hatte er die Erfahrung gemacht, wie wenig der Mensch von seinem eigenen guten Willen abhängt; zum ersten Mal war er in die Lage eines anständigen und herzlichen Menschen geraten, der gegen seinen eigenen Willen einem Mitmenschen grausames und unverdientes Leid zufügt.

Ihn plagten Gewissensbisse; und als Wjera verschwunden war, hatte er plötzlich das Gefühl, dass er etwas Wertvolles und Liebes, was er niemals wiederfinden würde, verloren hätte. Er fühlte, dass ihm zugleich mit Wjera ein Stück seiner Jugend entrissen wurde, und dass die Augenblicke, die er so fruchtlos verstreichen ließ, sich nie wiederholen würden.

An der kleinen Brücke blieb er nachdenklich stehen. Er wollte seiner unbegreiflichen Kälte auf den Grund kommen. Es wahr ihm klar, dass dieser Grund in ihm selbst und nicht außerhalb seiner Person lag. Er gestand sich ehrlich ein, dass es nicht die vernunftmäßige Kälte war, mit der kluge Menschen so oft prahlen, auch nicht die Kälte eines törichten Egoisten, sondern einfach eine Ohnmacht der Seele, die unfähig sei, das Schöne tief zu empfinden, und die frühe Altersschwäche, eine Folge der Erziehung, des ewigen Kampfes um ein Stück Brot und des einsamen Lebens in Pensionen.

Von der Brücke ging er langsam und ungern in den Wald. Hier, im schwarzen, dichten Dunkel, das hie und da von grellen Mondlichtflecken unterbrochen war, hatte er keine anderen Empfindungen als seine Gedanken, und ihn überkam das leidenschaftliche Verlangen, das Verlorene wiederzufinden.

Iwan Alexejewitsch kann sich noch erinnern, wie er vom Walde wieder umkehrte. Indem er sich durch Erinnerungen aufstachelte und sich zwang, an Wjera zu denken, schritt er rasch dem Garten zu. Auf der Straße und im Garten gab es keinen Nebel mehr; der heitere Mond blickte wie gewaschen vom Himmel herab, und nur im Osten war es noch etwas nebelig und wolkig ... Ognjow erinnert sich noch an seine vorsichtigen Schritte, an die dunklen Fenster, an den betäubenden Duft von Heliotrop und Reseden. Der ihm wohlbekannte Karo ging, freundlich mit dem Schwanze wedelnd, auf ihn zu und schnüffelte an seiner Hand ... Karo war das einzige lebende Wesen, das gesehen hatte, wie er zweimal um das Haus herumging, eine Weile vor Wjeras dunklem Fenster stand, dann hoffnungslos mit der Hand winkte, seufzte und den Garten wieder verließ.

Nach einer Stunde war er in der Kreisstadt. Er lehnte sich müde, wie zerschlagen, mit seinem ganzen Körper und seinem glühenden Gesicht an das Tor des Gasthauses und klopfte. Irgendwo in der Stadt bellte ein verschlafener Hund, und gleichsam als Antwort auf sein Klopfen erklang von der Kirche her ein dumpfes Läuten ...

»Jede Nacht treibst du dich herum ...« brummte der altgläubige Gastwirt, der in einem Hemde, so lang wie ein Frauenhemd, herausgekommen war und das Tor aufmachte. »Statt dich herumzutreiben, solltest du doch lieber beten.«

Als Iwan Alexejewitsch in sein Zimmer kam, setzte er sich auf das Bett, starrte lange in die Kerzenflamme, schüttelte schließlich den Kopf und begann zu packen.

Die Dame mit dem Hündchen

I.

Man erzählte sich, dass am Strande ein neuer Kurgast aufgetaucht sei: eine Dame mit einem Spitz. Dmitrij Dmitrijewitsch Gurow, der schon seit vierzehn Tagen in Jalta war und sich an das Badeleben gewöhnt hatte, interessierte sich bereits wie die andern für jeden neuen Menschen. Als er im Erfrischungspavillon von Vernet am Strande saß, sah er eine junge Dame in einem Barett über den Strand gehen; sie war klein und blond, und ein weißer Spitz folgte ihr.

Später traf er sie einige Male im Stadtpark und in den Anlagen. Sie ging immer allein, immer im gleichen Barett und immer von ihrem weißen Spitz begleitet; niemand wusste, wer sie war, und man nannte sie einfach: die Dame mit dem Spitz.

»Wenn sie hier ohne ihren Mann und ohne Bekannte ist«, sagte sich Gurow, »so sollte ich eigentlich ihre Bekanntschaft machen.«

Er war noch nicht vierzig Jahre alt, hatte aber bereits eine zwölfjährige Tochter und zwei Söhne im Gymnasium. Er wurde jung verheiratet, als er noch Student in den ersten Semestern war, und seine Frau sah jetzt eineinhalb Mal so alt aus wie er. Sie war groß, solid und würdevoll, hielt sich stets kerzengerade, hatte dunkle Augenbrauen und zählte sich selbst zu den »denkenden Frauen«. Sie las sehr viel, schrieb die vereinfachte Reformorthographie und redete ihren Mann statt mit Dmitrij mit der veralteten Form Dimitrij an. Er hielt sie aber für unklug, beschränkt, unschön, hatte vor ihr eine gewisse Scheu und mied nach Möglichkeit ihre Gesellschaft. Er nahm es mit der ehelichen Treue seit vielen Jahren nicht mehr genau, hinterging sie sehr oft und hatte wohl deswegen eine schlechte Meinung von den Frauen im Allgemeinen; wenn in seiner Gegenwart von ihnen gesprochen wurde, so sagte er verächtlich:

»Eine niedere Rasse!«

Er glaubte, dass ihm die vielen schlechten Erfahrungen, die er mit den Frauen gemacht hatte, das Recht dazu gaben, sie, wie es ihm gerade passte, zu nennen; und doch könnte er ohne diese »niedere Rasse« auch keine zwei Tage auskommen. In Männergesellschaft langweilte er sich und war wortkarg und kühl; aber wenn er sich unter Frauen befand, fühlte er sich ungezwungen und wusste, worüber mit ihnen zu sprechen und wie sich zu benehmen; selbst das Schweigen fiel ihm unter ihnen sehr leicht. In seinem Äußern und Charakter, in seinem ganzen Wesen war etwas undefinierbar Anziehendes, was die Frauen reizte und lockte; er war sich dessen bewusst und fühlte sich auch selbst von einer rätselhaften Macht zu den Frauen hingezogen.

Die vielfältige und tatsächlich bittere Erfahrung hatte ihn längst gelehrt, dass jede Annäherung, die anfangs eine angenehme Abwechslung ins Leben bringt und als ein reizvolles, flüchtiges Abenteuer erscheint, bei anständigen Menschen, und ganz besonders bei den schwerfälligen und unentschlossenen Moskauern, unvermeidlich zu einer ungemein komplizierten Aufgabe anwächst, so dass die Situation schließlich unerträglich wird. Aber so oft er einer neuen interessanten Frau begegnete, entglitt diese Erfahrung seinem Gedächtnisse; er fühlte nur Lebenslust, und alles erschien ihm einfach und amüsant.

Als er eines Abends im Stadtparke zu Mittag aß, kam die Dame im Barett langsam zum Nebentisch und nahm Platz. Ihr Gesichtsausdruck, Gang, Toilette und Frisur ließen darauf schließen, dass sie der anständigen Gesellschaft angehörte, verheiratet war, sich zum ersten Mal in Jalta aufhielt und sich hier langweilte ... In all den Erzählungen über die in Jalta herrschenden laxen Sitten ist ja vieles übertrieben und erlogen; Gurow kannte diese Erzählungen und verachtete sie, weil er wusste, dass sie von Menschen erfunden werden, die selbst gerne sündigten, wenn sie es könnten; aber als die Dame sich am Nebentische, kaum drei Schritte von ihm entfernt, niederließ, kamen ihm doch diese Geschichten von leichten Eroberungen und den berüchtigten Ausflügen ins Gebirge wieder in den Sinn, und seiner Phantasie bemächtigte sich der verführerische Gedanke an ein flüchtiges Verhältnis, an ein galantes Abenteuer mit einer unbekannten Dame, deren Namen er nicht einmal kannte.

Er lockte den Spitz zu sich heran und drohte ihm mit dem Finger. Der Spitz knurrte. Gurow neckte ihn wieder.

Die Dame sah ihn an und senkte gleich darauf ihre Augen.

»Er beißt nicht«, sagte sie errötend.

»Darf ich ihm einen Knochen geben?« Als sie darauf bejahend nickte, fragte er höflich: »Sind Sie schon lange in Jalta?«

»Seit fünf Tagen.«

»Und ich sitze schon die zweite Woche hier.«

Beide schwiegen eine Weile.

»Die Zeit vergeht so schnell, und doch ist es hier so langweilig!«, sagte sie, ohne ihn anzublicken.

»Es ist eigentlich nur eine Redensart, dass es hier langweilig ist. Der gute Bürger lebt irgendwo in der tiefsten Provinz, in Bjelew oder Shisdra, und langweilt sich nicht; kaum ist er aber hier, so jammert er gleich: Ach, diese Langeweile! Ach, dieser Staub! Man könnte meinen, dass er aus Granada kommt.«

Beide lachten. Dann aßen sie weiter und schwiegen, als ob sie miteinander gar nicht bekannt wären; aber nach dem Essen gingen sie Seite an Seite fort, und zwischen ihnen entspann sich ein scherzhaftes, leichtes Gespräch, wie es müßige und satte Menschen führen, denen es ganz gleich ist, wohin sie gehen und worüber sie sprechen. Sie spazierten und sprachen davon, wie sonderbar das Meer an diesem Abend beleuchtet sei: das Wasser hatte einen weichen und warmen fliederfarbenen Ton, und der Mond spiegelte sich darin als ein goldener Streifen. Sie sprachen, wie schwül es nach dem heißen Tage sei. Gurow erzählte ihr, dass er aus Moskau stamme, Philologie studiert habe, aber an einer Bank angestellt sei; er hätte früher einmal die Absicht gehabt, zur Oper zu gehen, hätte es aber aufgegeben; nun besitze er in Moskau zwei Häuser … Von ihr erfuhr er, dass sie in Petersburg aufgewachsen sei, aber nach S. geheiratet habe, wo sie bereits seit zwei Jahren lebe, dass sie in Jalta noch einen Monat zu bleiben beabsichtige und dass ihr Mann einen Erholungsurlaub zu nehmen und sie abzuholen gedenke. Sie konnte nicht genau angeben, wo ihr Mann eigentlich angestellt war: ob bei der Gouvernementsverwaltung oder bei der Gouvernements-Semstwoverwaltung, und das kam ihr selbst sehr komisch vor. Schließlich erfuhr Gurow, dass sie Anna Ssergejewna hieß.

Später in seinem Hotelzimmer dachte er an sie und dass er sie auch morgen bestimmt wiedersehen würde. So musste es sein. Als er zu Bett ging, fiel ihm ein, dass sie noch vor so kurzer Zeit Institutsschülerin gewesen sei, wie es jetzt seine Tochter war, und dass ihre Art zu lachen und mit einem Unbekannten zu sprechen von großer Schüchternheit und Unbeholfenheit zeuge: sie war wohl zum ersten Mal in ihrem Leben allein in dieser Situation, wo man ihr mit einer ganz bestimmten Nebenabsicht nachging, sie anschaute und ansprach, mit einer Nebenabsicht, die sie doch ganz bestimmt ahnen musste. Und dann dachte er noch an ihren feinen zarten Hals und ihre schönen grauen Augen.

»Es ist doch etwas Rührendes an ihr«, sagte er sich vor dem Einschlafen.

II.

Nun waren sie schon seit acht Tagen bekannt. Es war ein Feiertag. In den Zimmern war es schwül, und in den Straßen hob der Wind Staubwolken empor und riss die Hüte von den Köpfen. Man hatte den ganzen Tag Durst, und Gurow ging jeden Augenblick zum Pavillon und bot Anna Ssergejewna bald Fruchtwasser, bald Gefrorenes an. Man wusste nicht, wohin man sich vor der Hitze retten sollte.

Abends, als der Wind sich etwas gelegt hatte, gingen sie auf die Mole hinaus, um die Ankunft des Dampfers zu sehen. Im Hafen waren viele Spaziergänger; jemand wurde erwartet, viele hatten Blumensträuße in der Hand. Zwei Eigentümlichkeiten der eleganten Jaltaer Gesellschaft fielen hier besonders auf: die älteren

Damen waren viel zu jugendlich gekleidet, und es gab eine Menge Generäle.

Da die See sehr bewegt war, kam der Dampfer mit einer Verspätung, erst nach Sonnenuntergang; ehe er anlegte, manövrierte er lange hin und her. Anna Ssergejewna betrachtete durch ihr Lorgnon das Schiff und die Passagiere, als ob sie unter diesen einen Bekannten suchte, und wenn sie sich an Gurow wandte, leuchteten ihre Augen. Sie sprach sehr viel und stellte kurze, abgerissene Fragen, die sie gleich wieder vergaß; später verlor sie im Gedränge ihr Lorgnon.

Das elegante Publikum verließ allmählich den Hafen; die Gesichter waren im Dunkeln nicht mehr zu erkennen; der Wind hatte sich gänzlich gelegt; aber Gurow und Anna Ssergejewna standen noch immer auf der Mole, als erwarteten sie, dass noch jemand vom Schiffe käme. Anna Ssergejewna sprach nicht mehr und roch an ihrem Blumenstrauß, ohne Gurow anzublicken.

»Das Wetter ist am Abend doch noch besser geworden«, sagte er. »Wo wollen wir nun hin? Sollen wir vielleicht noch irgendwo hinausfahren?«

Sie gab keine Antwort.

Dann sah er sie durchdringend an, umarmte sie plötzlich und küsste sie auf den Mund; der Duft und die feuchte Kühle ihrer Blumen schlugen ihm entgegen. Er blickte gleich darauf ängstlich um sich, ob es nicht jemand gesehen hätte.

»Wollen wir zu Ihnen gehen …«, sagte er leise.

Und sie gingen mit raschen Schritten der Stadt zu.

In ihrem Hotelzimmer war es schwül und roch nach dem Parfüm, das sie im Japanbazar gekauft hatte. Gurow sah sie an und dachte: was es doch nicht für Begegnungen im Leben gibt! Aus seiner Vergangenheit bewahrte er die Erinnerung an sorglose, gutmütige Frauen, die von ihrer Liebe berauscht und ihm für das kurze Glück, das er ihnen schenkte, dankbar waren; an solche, die, wie zum Beispiel seine Frau, ohne aufrichtige Hingebung, mit viel zu viel Redensarten, maniriert und hysterisch liebten und immer so taten, als ob es keine Liebe oder Leidenschaft, sondern etwas viel Wichtigeres wäre; auch an die wenigen sehr schönen und kalten Frauen, deren Gesichtszüge oft einen raubgierigen Ausdruck annahmen und das trotzige Verlangen zeigten, dem Leben mehr abzuringen, als es zu geben vermag; diese Frauen waren launisch, nicht mehr jung, unklug und herrschsüchtig, und wenn Gurows Leidenschaft sich abkühlte, so erregte ihre Schönheit in ihm nur Hass, und die Spitzen an ihrer Wäsche gemahnten ihn an Fischschuppen.

Aber jetzt hatte er ein unerfahrenes, unbeholfenes junges Wesen vor sich, und das machte ihn verlegen; er hatte plötzlich das Gefühl, als ob jemand an die Tür geklopft hätte. Anna Ssergejewna, diese »Dame mit dem Spitz«, fasste das Geschehene sehr eigentümlich und sehr ernst auf, als ob sie nun rettungslos gesunken wäre; jedenfalls hatte er diesen Eindruck, und das machte ihn noch verlegener. Ihre Gesichtszüge wurden plötzlich welk, das lange Haar fiel traurig zu beiden Seiten des Gesichts herab; sie erstarrte wie grambeladen, wie eine büßende Sünderin auf einem alten Gemälde.

»Es ist nicht gut«, sagte sie. »Sie werden mich jetzt selbst verachten.«

Auf dem Tische lag eine Wassermelone. Gurow schnitt sich eine Scheibe ab und begann, sie langsam zu verzehren. Mindestens eine halbe Stunde verging in Schweigen.

Anna Ssergejewna war rührend; sie atmete die Keuschheit einer anständigen, naiven Frau, die noch wenig vom Leben gehabt hat; die einsame Kerze, die auf dem Tische brannte, beleuchtete nur schwach ihr Gesicht, aber Gurow konnte erkennen, wie trüb es ihr zumute war.

»Warum sollte ich dich verachten?«, fragte er. »Du weißt selbst nicht, was du sprichst.«

»Gott verzeih mir!«, sagte sie mit Tränen in den Augen. »Es ist furchtbar!«

»Es klingt, als ob du dich rechtfertigen wolltest.«

»Womit könnte ich mich rechtfertigen? Ich bin ein schlechtes, gemeines Weib, ich verachte mich selbst und denke nicht an

Rechtfertigung. Nicht meinen Mann habe ich betrogen, sondern mich selbst. Und nicht nur jetzt, ich betrüge mich seit Jahren. Mein Mann mag ja ein anständiger und guter Mensch sein, aber er ist ein Lakai! Ich weiß nicht, was er treibt und wo er angestellt ist, aber ich weiß, dass er ein Lakai ist. Als ich ihn heiratete, war ich erst zwanzig. Mich verzehrte die Neugierde, ich wollte etwas Besseres; es muss doch ein anderes, besseres Leben geben, sagte ich mir. Ich wollte leben! Ja, leben, leben ... Die Neugierde verzehrte mich ... Sie können es nicht verstehen, aber ich schwöre Ihnen bei Gott, mit mir war etwas los, ich konnte mich nicht länger beherrschen, und ich sagte meinem Mann, ich sei krank, und reiste nach Jalta ... Und auch hier ging ich wie im Rausche, wie verrückt herum ... Und nun bin ich ein gemeines, schlechtes Weib, das ein jeder verachten darf.«

Gurow konnte nicht länger zuhören; ihre Worte langweilten ihn, ihn ärgerte dieser naive Ton, diese unerwartete und deplacierte Beichte; hätte er nicht die Tränen in ihren Augen gesehen, so würde er glauben, dass sie scherze oder Komödie spiele.

»Ich verstehe dich nicht«, sagte er leise. »Was willst du eigentlich?« Sie barg das Gesicht an seiner Brust und schmiegte sich an ihn.

»Glauben Sie mir, glauben Sie mir, ich beschwöre Sie ...«, sagte sie. »Ich liebe das reine, keusche Leben, und die Sünde ist mir verhasst, ich weiß selbst nicht, was ich tue. Einfache Leute sagen: der Böse hat mich verführt. Auch ich kann jetzt von mir sagen, dass mich der Böse verführt hat.

»Genug, genug ...«, flüsterte er.

Er sah ihr in die unbeweglichen, erschrockenen Augen, küsste sie, sprach ihr leise und zärtlich zu, und sie beruhigte sich allmählich und wurde wieder lustig; nun lachten sie beide.

Als sie später hinausgingen, war der Strand menschenleer, und die Stadt mit ihren Zypressen sah wie tot aus; aber das Meer brauste, und die Wellen zerschellten am Ufer; eine Barke schaukelte in den Wellen, und auf ihr flackerte wie verschlafen ein mattes Flämmchen.

Sie nahmen eine Droschke und fuhren nach Oreanda.

»Ich habe soeben unten deinen Familiennamen gelesen: auf der Tafel steht ›von Diederitz‹«, sagte Gurow. »Ist dein Mann Deutscher?«

»Nein, ich glaube, sein Großvater war Deutscher; er ist griechisch-orthodox.«

In Oreanda saßen sie auf einer Bank in der Nähe der Kirche, blickten auf das Meer hinab und schwiegen. Jalta war im Morgennebel kaum zu sehen, auf den Bergspitzen lagerten unbeweglich weiße Wolken. Das Laub rührte sich nicht, die Zikaden, und das eintönige, dumpfe Brausen des Meeres sprach vom ewigen Schlafe, der uns alle erwartet. So brauste es hier, als es weder ein Jalta noch ein Oreanda gab, so braust es jetzt, und es wird ebenso gleichgültig und dumpf brausen, wenn wir nicht mehr sind. In dieser Beständigkeit, in dieser Gleichgültigkeit unserm Leben und Sterben gegenüber liegt vielleicht das Pfand der ewigen Erlösung, des ewigen Fortschreitens des irdischen Lebens und seiner ewigen Vervollkommnung. Während er an der Seite der jungen Frau, die im Morgengrauen so schön schien, saß und von der märchenhaften Szenerie des Meeres, der Berge, der Wolken und des unendlichen Himmels beruhigt und bezaubert war, dachte er daran, wie schön doch alles in dieser Welt sei, alles, mit Ausnahme dessen, was wir selbst tun und denken, wenn wir die höchsten Ziele des Seins und unsere eigene Menschenwürde vergessen.

Irgendein Mann, wahrscheinlich ein Wächter, kam auf sie zu, sah sie an und ging wieder fort. Auch dies erschien ihnen geheimnisvoll und schön. Dann sahen sie das Morgenschiff aus Feodosia kommen; es war von der Morgenröte beleuchtet und hatte keine Signallichter.

»Das Gras ist voller Tau«, sagte Anna Ssergejewna nach langem Schweigen.

»Ja. Wollen wir nach Hause?«

Sie kehrten in die Stadt zurück.

Später trafen sie sich jeden Mittag auf dem Strande, aßen zusammen zu Mittag und zu Abend, gingen spazieren und bewunderten das Meer. Sie klagte, dass sie schlecht schlafe und an heftigem Herzklopfen leide. Sie stellte immer die gleichen Fragen und verzehrte sich bald in Eifersucht, bald in Angst, dass er sie nicht genügend achte. In den Anlagen oder im Park, wenn gerade niemand in der Nähe war, zog er sie oft in seine Arme und küsste sie leidenschaftlich. Das ewige Nichtstun, diese Küsse am helllichten Tage unter fortwährender Angst, dass es jemand sehen könnte, diese Hitze, die Seeluft und die ihn umgebende Gesellschaft von eleganten, faulenzenden und satten Menschen machten ihn gleichsam zu einem andern Menschen; er sagte Anna Ssergejewna immer wieder, wie schön und wie verführerisch sie sei, er war ungeduldig und leidenschaftlich und wich nie von ihrer Seite. Sie wurde aber oft nachdenklich und sagte ihm immer wieder, er möchte doch gestehen, dass er sie verachte, dass er sie gar nicht liebe und in ihr nur ein gemeines Weib sähe. Fast jeden Abend machten sie zur späten Stunde einen Ausflug nach Oreanda oder zum Wasserfall: diese Ausflüge waren immer schön, und die Eindrücke wunderbar und gewaltig.

Ihr Mann sollte kommen. Aber eines Tages schrieb er ihr, dass er Augenschmerzen bekommen habe; sie möchte so bald wie möglich heimkehren. Anna Ssergejewna machte nun eilige Vorbereitungen zur Abreise.

»Es ist gut, dass ich verreise«, sagte sie zu Gurow. »So will es das Schicksal.«

Sie reiste von Jalta nach Sewastopol mit dem Wagen, und er begleitete sie. Sie fuhren den ganzen Tag. Als sie schon im Schnellzuge saß und das zweite Glockenzeichen gegeben war, sagte sie:

»Lassen Sie mich noch einmal Ihr Gesicht sehen … Noch ein einziges Mal … So …«

Sie weinte nicht, war aber traurig, wie krank, und ihr Gesicht zitterte.

»Ich werde an Sie denken … immer denken …« sagte sie. »Gott sei mit Ihnen. Denken Sie nicht schlecht von mir. Wir nehmen für immer Abschied. So muss es sein, es wäre besser, wir wären uns nie begegnet. Gott beschütze Sie.«

Der Zug sauste davon, seine Lichter verschwanden, und in einer Minute war auch das letzte Geräusch verhallt. Es war, als hätte sich das mit Absicht so rasch abgespielt, um diesem süßen Traum, diesem Wahnsinn ein möglichst schnelles Ende zu machen. Als Gurow allein auf dem Perron zurückgeblieben war und das Zirpen der Grillen und das Summen der Telegraphendrähte hörte, war es ihm zumute, als erwachte er eben aus einem Traum. Und er dachte daran, dass er wieder einmal ein Abenteuer gehabt hatte, und dass es nun erledigt sei und nur noch in der Erinnerung lebe ... Er war gerührt und traurig und spürte etwas wie Reue. Diese junge Frau, die er nie wiedersehen sollte, war ja mit ihm nicht glücklich gewesen; er war zwar immer herzlich und freundlich zu ihr, und doch lag in seinem Benehmen ihr gegenüber, in seinem Ton und in seinen Liebkosungen ein leiser Anflug von Hohn, von rohem Hochmut des glücklichen Eroberers, der dazu beinahe doppelt so alt war wie sie. Sie sprach von ihm während der ganzen Zeit als von einem gutmütigen, ungewöhnlichen, großen Menschen; er erschien ihr offenbar anders, als er in Wirklichkeit war; folglich hatte er sie unwillkürlich belogen ...

Auf der Bahnstation war schon ein herbstlicher Hauch zu spüren, der Abend war kühl.

»Nun muss auch ich nordwärts ziehen«, sagte sich Gurow, als er den Perron verließ. »Es ist Zeit!«

III.

Daheim in Moskau sah es schon ganz winterlich aus: man heizte bereits, und in den frühen Morgenstunden, wenn die Kinder, bevor sie zur Schule gingen, Tee tranken, war es so finster, dass die Kinderfrau für kurze Zeit die Lampe anstecken musste. Die ersten Fröste hatten sich schon eingestellt. Wenn es zum ersten Mal schneit und die ersten Schlitten erscheinen, ist es immer angenehm, die weißen Straßen und die weißen Dächer zu sehen; man atmet so leicht und angenehm und man denkt unwillkürlich an seine Kindheit. Die alten Linden und Birken haben, wenn sie mit Reif bedeckt sind, ein so gutmütiges Aussehen und erfreuen uns mehr als alle Zypressen und Palmen; in ihrer Nähe hat man gar nicht den Wunsch, an das Meer und die Berge zu denken.

Gurow war ein geborener Moskauer; er kam nach Moskau an einem heiteren Frosttage, und so bald er in Pelz und warmen Handschuhen einen kleinen Spaziergang über die Petrowka gemacht und am Samstagabend die Kirchenglocken gehört hatte, verloren für ihn seine Reise und die Landschaften, die er gesehen, jeden Reiz. Allmählich tauchte er ganz im Moskauer Leben unter, las mit Heißhunger drei Zeitungen täglich und behauptete hinterher, dass er prinzipiell keine Moskauer Zeitungen lese. Es zog ihn in die Restaurants und Klubs, zu Gesellschaften und Festessen, und es schmeichelte ihm, dass in seinem Hause berühmte Rechtsanwälte und Schauspieler verkehrten und dass er im Ärzteklub einen Professor zum Partner beim Kartenspiel hatte. Er war wieder imstande, eine ganze Portion vom Moskauer Fischgericht – Sseljanka – zu verzehren …

Er glaubte, dass die Erinnerung an Anna Ssergejewna nach drei, vier Wochen in einem Nebel verschwinden würde; dass sie ihm mit ihrem rührenden Lächeln nur ab und zu im Traume erscheinen würde, wie ihm auch alle die andern erschienen. Es vergingen aber vier Wochen und mehr, man war tief im Winter, aber die Erinnerung an sie war noch immer so klar und stark, als ob er Anna Ssergejewna erst gestern verlassen hätte. Und die Erinnerung wurde immer glühender und leuchtender. Wenn in der Abendstille zu ihm ins Arbeitszimmer die Stimmen seiner Kinder, die ihre Lektionen machten, drangen, wenn er irgendein Lied singen oder das Orchestrion in einem Restaurant spielen hörte oder wenn im Kamin der Sturm heulte, so lebte in seiner Erinnerung sofort alles wieder auf: die Mole, der Morgen, der Nebel in den Bergen, das Schiff aus Feodosia, alle ihre Küsse und Umarmungen; er ging in seinem Zimmer auf und ab und erinnerte sich an jede Kleinigkeit und lächelte vor sich hin, und die

Erinnerungen wurden zu Wünschen, und das Vergangene vermengte sich in seiner Vorstellung mit dem Kommenden. Anna Ssergejewna erschien ihm nicht nur im Traume; sie verfolgte ihn überall wie ein Schatten und beobachtete ihn auf Schritt und Tritt. Wenn er die Augen schloss, sah er sie wie lebendig vor sich, und sie erschien ihm schöner, jünger und zarter, als sie war; auch er selbst gefiel sich viel besser als damals in Jalta. Abends blickte sie ihn aus dem Bücherschrank, aus dem Kamin, aus der Zimmerecke an, und er hörte ihren Atem und das liebe Rascheln ihres Kleides. Auf der Straße verfolgte er die Frauen mit den Augen und suchte, ob nicht eine Ähnliche darunter wäre …

Er spürte bereits ein starkes Verlangen, jemanden in seine Erinnerungen einzuweihen. Aber zu Hause konnte er doch nicht von seiner Liebe sprechen, und außer dem Hause hatte er niemand. Er konnte doch nicht mit seinen Mietern oder seinen Bankkollegen davon sprechen! Und was konnte er auch erzählen? Hatte er sie damals wirklich geliebt? War denn etwas Schönes, Poetisches oder Lehrreiches oder einfach Interessantes in seinen Beziehungen zu Anna Ssergejewna? So musste er ganz allgemein von den Frauen und von der Liebe sprechen, und niemand ahnte, was er damit meinte. Nur seine Frau bewegte zuweilen ihre dunklen Brauen und sagte:

»Die Rolle eines Schwerenöters steht dir wirklich nicht gut, Dimitrij.«

Als er eines Nachts mit einem seiner Partner, einem Beamten, den Ärzteklub verließ, konnte er sich nicht länger beherrschen und sagte:

»Wenn Sie wüssten, was für eine reizende Dame ich in Jalta kennengelernt habe!«

Der Beamte setzte sich in den Schlitten, und als er schon eine Strecke weit gefahren war, wandte er sich plötzlich um und rief:

»Dmitrj Dmitrijewitsch!«

»Was denn?«

»Sie hatten vorhin recht: der Stör war wirklich nicht ganz frisch!«

Diese so gewöhnlichen Worte brachten Gurow, er wusste selbst nicht warum, aus der Fassung; sie erschienen ihm erniedrigend und schmutzig. Was für wilde Sitten, was für Gesichter! Diese unsinnigen Nächte, diese uninteressanten, leeren Tage! Nichts als Hazardspiel, Völlerei, Trunksucht und ewige Gespräche über das immer gleiche Thema. Die unnötigen Geschäfte und die ewigen Gespräche nehmen einem die besten Stunden und die besten Kräfte, und was davon zurückbleibt, ist ein beschnittenes, flügellahmes Leben, ein Unsinn und ein Durcheinander, dem man nicht entrinnen kann, als ob man in einem Irrenhause oder in einem Zuchthause säße.

Die ganze Nacht konnte Gurow vor Empörung nicht einschlafen, und den nächsten Tag hatte er Kopfschmerzen. Auch in den folgenden Nächten schlief er schlecht; er saß im Bette oder ging auf und ab. Die Kinder machten ihm keine Freude mehr, ebenso die Bank; er hatte weder Lust, mit jemandem zu sprechen, noch auszugehen.

Im Dezember vor den Feiertagen machte er sich reisefertig und erklärte seiner Frau, dass er nach Petersburg müsse, um sich für einen jungen Mann zu verwenden; er reiste aber nach S. Wozu? Das wusste er selbst nicht recht. Er wollte Anna Ssergejewna sehen und sprechen und mit ihr, wenn möglich, eine Zusammenkunft verabreden.

Er kam nach S. am frühen Morgen und nahm sich das beste Zimmer im Hotel; der Fußboden war mit grauem Soldatentuch belegt, und auf dem Tische stand ein verstaubtes Schreibzeug mit einem Reiter, der einen Arm mit dem Hut in die Höhe hob, während der Kopf fehlte. Vom Portier erfuhr er alles, was er brauchte: von Diederitz wohne in der Alten Töpfergasse, im eigenen Hause; es sei gar nicht weit vom Hotel; er lebe auf großem Fuße, halte sich Pferde und sei in der ganzen Stadt bekannt. Der Portier sprach den Namen »Driderit« aus.

Gurow begab sich nun nicht zu schnell in die Alte Töpfergasse und fand das Haus. Dem Hause gegenüber zog sich ein langer, grauer, mit Nägeln bespickter Bretterzaun hin.

»Vor einem solchen Zaun kann man wirklich davonlaufen«, sagte sich Gurow, bald auf die Fenster und bald auf den Zaun blickend.

Er sagte sich: heute ist Feiertag, und der Mann ist wohl zu Hause. Das ist übrigens ganz gleich: es wäre auch sonst taktlos, zu ihr ins Haus hineinzuschneien und sie aufzuregen. Ein Brief könnte leicht dem Gatten in die Hände fallen, und dann wäre alles verdorben. Das Beste ist, sich auf einen Zufall zu verlassen. Und nun ging er auf der Straße längs des Zaunes auf und ab und wartete auf einen solchen Zufall. Er sah, wie in den Hof ein Bettler kam und wie über ihn die Hunde herfielen; eine Stunde später hörte er Klavierspiel, und die Töne klangen schwach und undeutlich. Wahrscheinlich spielte Anna Ssergejewna selbst. Das Herrschaftsentrée ging plötzlich auf, und aus dem Hause kam eine alte Frau, der der bekannte weiße Spitz nachlief. Gurow wollte schon den Hund anrufen, aber er bekam plötzlich Herzklopfen und konnte sich in seiner Aufregung nicht mehr erinnern, wie der Hund hieß.

Er ging immer auf und ab und hasste immer mehr und mehr den grauen Zaun; er dachte mit Erbitterung, dass Anna Ssergejewna ihn wohl vergessen und vielleicht sogar bei einem andern Trost gefunden habe; das wäre doch bei einer jungen Frau, die den ganzen lieben Tag diesen verfluchten Zaun sehen müsse, durchaus natürlich. Er kehrte in sein Hotelzimmer zurück, saß lange auf dem Sofa und wusste nicht, was anzufangen. Dann aß er zu Mittag und schlief den ganzen Nachmittag durch.

»So dumm ist das alles, so überflüssig diese ganze Unruhe!«, sagte er sich, als er erwachte und die dunklen Fenster sah; der Abend war schon angebrochen. »Jetzt habe ich ausgeschlafen. Was werde ich nun nachts tun?«

Er saß auf dem Bette, das mit einer billigen grauen Decke, wie man sie in Spitälern hat, bedeckt war, und verhöhnte sich selbst:

»Da hast du die Dame mit dem Spitz ... Da hast du dein Abenteuer ... So, sitz nun da!«

Morgens, bei seiner Ankunft hatte er auf dem Bahnhofe ein

großes Theaterplakat gesehen: heute sollte zum ersten Mal die »Geisha« gegeben werden. Jetzt fiel ihm das wieder ein, und er ging ins Theater.

»Es ist ja möglich, dass sie die Premieren besucht«, dachte er sich.

Das Theater war überfüllt. Wie in jedem Provinztheater, so schwebte auch hier über dem Kronleuchter eine dichte Dunstwolke, und die Galeriebesucher machten großen Lärm; in der ersten Reihe standen vor Beginn der Vorstellung die Elegants der Stadt, die Hände im Rücken; in der Gouverneursloge saß ganz vorn die Gouverneurstochter mit einer Boa um den Hals, während der Gouverneur selbst bescheiden hinter der Portiere lehnte, so dass von ihm nur die Arme zu sehen waren. Der Vorhang schaukelte hin und her, und das Orchester stimmte furchtbar lange seine Instrumente. Während das Publikum hereinströmte und Platz nahm, suchte Gurow mit gierigen Blicken.

Nun kam auch Anna Ssergejewna. Sie setzte sich in die dritte Reihe, und als Gurow sie erblickte, krampfte sich sein Herz zusammen, und es wurde ihm vollkommen klar, dass es in der ganzen Welt keinen zweiten Menschen gäbe, der ihm so teuer, nah und notwendig wäre wie sie; diese in der Provinz verlorene, durchaus gewöhnliche kleine Frau, mit dem ordinären Lorgnon in der Hand, erfüllte sein ganzes Leben, war seine Freude, sein Leid und sein einziges Glück, das er sich ersehnte; und zu den Klängen des schlechten Orchesters, der elenden Provinzgeigen dachte er, wie schön sie sei. Er dachte nur an sie und träumte von ihr.

Zugleich mit Anna Ssergejewna trat ein sehr schlanker, etwas gebeugter junger Mann mit kurzem Backenbart in den Saal und nahm an ihrer Seite Platz; bei jedem Schritt nickte er mit dem Kopf, als ob er ununterbrochen grüßte. Es war wohl der Gatte, den sie damals in Jalta in ihrer Erbitterung einen Lakai genannt hatte. Und in der Tat: in seiner langen Figur, seinem Backenbart und seiner kleinen Glatze war etwas Lakaienhaftes und Demütiges; er lächelte süßlich, und das blanke Akademikerabzeichen in seinem Knopfloch glänzte wie eine Kellnernummer.

In der ersten Pause ging der Gatte ins Rauchzimmer, und sie blieb allein im Parkett. Gurow, der gleichfalls im Parkett saß, ging auf sie zu und sagte mit bebender Stimme und erzwungenem Lächeln:

»Guten Abend!«

Sie sah ihn an und erblasste, dann sah sie ihn noch einmal ganz entsetzt an, als traue sie ihren Augen nicht, und drückte krampfhaft Fächer und Lorgnon zusammen; sie kämpfte offenbar mit sich selbst, um nicht in Ohnmacht zu fallen. Beide schwiegen. Sie saß da, und er stand erschrocken vor ihr und konnte sich nicht entschließen, sich neben sie zu setzen. Im Orchester wurden wieder die Geigen und eine Flöte gestimmt; er bekam plötzlich Angst: es war ihm, als ob man aus allen Logen auf sie blickte. Nun stand sie auf und ging rasch dem Ausgang zu, und er folgte ihr. Sie gingen ziellos über die Korridore, treppauf und treppab, sie sahen viele Leute in Gerichts-, Lehrer- und Domänenverwaltungsuniformen, sämtliche mit Abzeichen; sie sahen Damen, Pelze in den Garderoben; der Zugwind hauchte sie mit Zigarettendunst an. Und Gurow, der heftiges Herzklopfen hatte, dachte:

»Mein Gott! Wozu diese Menschen, wozu dieses Orchester …«

In diesem Augenblick fiel ihm plötzlich ein, wie er sich damals auf dem Perron, nachdem der Schnellzug abgefahren war, gesagt hatte, dass alles zu Ende sei und dass er sie nie wiedersehen würde. Es war aber noch lange nicht das Ende!

Sie blieb plötzlich auf einer engen, finsteren Treppe mit der Aufschrift »Aufgang zum Amphitheater« stehen.

»Mein Gott, wie Sie mich erschreckt haben!«, sagte sie, um Atem ringend, noch immer blass und bestürzt. »Wie Sie mich erschreckt haben! Ich bin halbtot. Warum sind Sie hergekommen? Warum?«

»Begreifen Sie doch, Anna, begreifen Sie …«, begann er leise und hastig. »Ich beschwöre Sie, begreifen Sie doch …«

Sie sah ihn voller Angst, Flehen und Liebe an; sie starrte ihn an, als wollte sie sich seine Gesichtszüge für immer einprägen.

»Ich leide so furchtbar!«, fuhr sie fort, ohne auf seine Worte zu hören. »Ich habe die ganze Zeit nur an Sie gedacht und in diesem Gedanken gelebt. Ich wollte Sie vergessen, ganz vergessen ... Doch warum, warum sind Sie hergekommen?«

Auf dem nächsten Treppenabsatz standen zwei Gymnasiasten; sie rauchten und sahen auf sie hinab; aber Gurow war jetzt alles gleich; er zog Anna Ssergejewna in seine Arme und bedeckte ihr Gesicht, ihre Wangen und Hände mit Küssen.

»Was tun Sie, was tun Sie!«, sagte sie, ihn entsetzt wegstoßend. »Wir sind ja beide wahnsinnig. Reisen Sie weg, noch heute, sofort ... Ich beschwöre Sie bei bei allem, was heilig ist. Ich flehe Sie an ... Man kommt her!«

Jemand ging wirklich die Treppe hinauf.

»Sie müssen abreisen ...«, fuhr Anna Ssergejewna leise fort. »Hören Sie, Dmitrij Dmitrijewitsch? Ich will zu Ihnen nach Moskau kommen. Ich war nie glücklich, bin auch jetzt nicht glücklich und werde niemals glücklich sein, niemals! Quälen Sie mich nicht länger! Ich schwöre, dass ich nach Moskau kommen werde. Und jetzt müssen wir uns trennen! Mein Lieber, Guter, mein Geliebter, trennen wir uns!«

Sie drückte ihm die Hand und eilte die Treppe hinunter. Sie blickte einige Mal nach ihm zurück, und er konnte in ihren Augen lesen, dass sie wirklich nicht glücklich war. Gurow stand noch eine Weile lauschend da, und als alles still wurde, nahm er seinen Mantel aus der Garderobe und verließ das Theater.

IV.

Anna Ssergejewna kam jetzt öfters zu ihm nach Moskau. Alle zwei, drei Monate verließ sie S. unter dem Vorwande, sie müsse nach Moskau, um einen Professor wegen ihres Frauenleidens zu konsultieren: der Mann glaubte ihr nur halb. In Moskau stieg sie jedes Mal im »Slawischen Bazar« ab und schickte sofort nach ihrer Ankunft einen Mann mit roter Mütze zu Gurow. Gurow besuchte sie im Hotel, und kein Mensch erfuhr etwas davon.

So ging er an einem Wintermorgen zu ihr; der Dienstmann

war schon gestern abend dagewesen, hatte ihn aber nicht zu Hause getroffen. Er begleitete seine Tochter ins Gymnasium, das unterwegs lag. Es schneite große, nasse Flocken.

»Es sind jetzt drei Grad über null, und doch schneit es«, sagte Gurow zu seiner Tochter. »Aber nur an der Erdoberfläche ist es so warm, in den höheren Luftschichten herrscht eine ganz andere Temperatur.«

»Papa, warum gibt es im Winter keinen Donner?«

Er erklärte ihr auch dies. Und während er zu ihr sprach, dachte er daran, dass er jetzt zu einer Frau ginge, dass es kein Mensch wisse und wohl auch niemals erfahren werde. Er lebte ein Doppelleben: das eine Leben war offenbar, allen sichtbar und bekannt, voller konventioneller Wahrheiten und konventioneller Lügen und glich vollkommen dem Leben seiner Freunde und Bekannten; und das andere Leben verlief im Geheimen. Die Umstände hatten sich aber seltsamerweise so gefügt, dass gerade das, was ihm wichtig, interessant und notwendig erschien, worin er aufrichtig war und sich niemals betrog, was den Kern seines Daseins bildete, in jenem geheimen Leben enthalten war, während alles, was Lüge und eine Maske war, hinter der er die Wahrheit verbarg – wie sein Bankdienst, die Debatten im Klub, seine Redensarten von der »niedern Rasse«, die Festessen, die er mit seiner Frau besuchte –, zu seinem sichtbaren Leben gehörte. Er beurteilte auch alle anderen Menschen nach eigenem Maßstabe, misstraute einem jeden und glaubte, dass auch jeder andere Mensch ein zweites, geheimes Leben habe, in dem sich alles Wichtige und Interessante abspiele. Alles persönliche Leben wird von uns als ein Geheimnis behandelt; das ist vielleicht der Grund, warum jeder Kulturmensch so nervös um die Wahrung der Diskretion in seinen Privatangelegenheiten besorgt ist.

Nachdem er seine Tochter ins Gymnasium gebracht hatte, ging er in den »Slawischen Bazar«. Er legte seinen Pelz unten beim Portier ab, ging die Treppe hinauf und klopfte leise an die Türe. Anna Ssergejewna hatte das graue Kleid an, das er so liebte; sie war von der Reise und der Erwartung leicht ermüdet: sie erwartete ihn ja seit dem gestrigen Abend. Sie war blass und sah ihn ohne zu lächeln an. Als er ins Zimmer trat, fiel sie ihm um den Hals und schmiegte sich an seine Brust. Ihr Kuss war so leidenschaftlich und lang, als ob sie sich seit zwei Jahren nicht gesehen hätten.

»Nun, wie ging es dir zu Hause?«, fragte er. »Was gibt's Neues?«

»Warte, ich werde es dir gleich sagen, ich kann noch nicht sprechen.«

Sie konnte nicht sprechen, denn sie weinte. Sie stand von ihm abgewendet, das Taschentuch an die Augen gepresst.

»Soll sie sich nur ausweinen, ich werde warten ...«, sagte sich Gurow und setzte sich in einen Sessel.

Etwas später schellte er und ließ sich Tee geben; solange er den Tee trank, stand sie am Fenster und kehrte ihm den Rücken. Sie weinte vor Rührung und vor dem schmerzlichen Bewusstsein, dass ihr Leben sich so traurig gestaltet hatte; nur im Geheimen konnten sie sich sehen, und mussten sich immer wie Diebe verstecken! War denn ihr Leben nicht verdorben?

»Höre doch auf!«, sagte er.

Es war ihm klar, dass diese Liebe nicht so bald ein Ende nehmen werde. Anna Ssergejewna hing immer mehr an ihm, sie vergötterte ihn, und es wäre ganz undenkbar, ihr zu sagen, dass das Ganze einmal ein Ende nehmen müsse; sie würde es auch niemals glauben.

Er ging auf sie zu und nahm sie bei den Schultern. Er wollte sie trösten, mit ihr scherzen. Und er erblickte sich im Spiegel.

Sein Kopfhaar war ergraut. Und es fiel ihm auf, wie alt und hässlich ihn die beiden letzten Jahre gemacht hatten. Die Schultern, auf denen seine Hände ruhten, waren warm und bebten. Und er spürte tiefes Mitleid mit diesem noch so warmen und schönen Leben, das aber wohl bald ebenso verwelken würde wie das seinige. Warum liebte sie ihn so sehr? Er erschien allen Frauen anders, als er in Wirklichkeit war, und sie liebten in ihm nicht ihn selbst, sondern einen Menschen, den ihre Phantasie geschaffen hatte, den sie ihr Leben lang suchten: wenn sie auch später ihren Irrtum einsahen, so hörte ihre Liebe doch nicht auf. Und keine von ihnen war mit ihm glücklich gewesen. Die Jahre gingen, er machte neue Bekanntschaften, trennte sich von den alten, liebte aber eigentlich nie; alles war dabei, nur keine Liebe.

Und erst jetzt, da sein Kopf schon grau war, liebte er heiß und wahr – zum ersten Mal in seinem Leben.

Anna Ssergejewna und er liebten einander wie zwei verwandte Seelen, wie Eheleute, wie zärtliche Freunde; sie glaubten, dass das Schicksal selbst sie füreinander bestimmt hatte, und sie wunderten sich, warum er und sie verheiratet waren; sie kamen sich vor wie zwei Zugvögel, Männchen und Weibchen, die man eingefangen und in getrennte Käfige gesperrt hat. Sie hatten einander alles vergeben, dessen sie sich in ihrer Vergangenheit schämten, sie vergaben sich auch heute alles und fühlten, wie sehr sie die Liebe verändert hatte.

Früher pflegte er sich in schweren Stunden mit allen möglichen Überlegungen zu trösten, die ihm gerade in den Kopf kamen; aber jetzt lagen ihm alle Überlegungen fern, er spürte nur tiefes Mitleid und hatte das Verlangen, aufrichtig und zärtlich zu sein …

»So hör' doch auf, meine Gute«, sagte er. »Nun hast du genug geweint … Wollen wir nachdenken, vielleicht lässt sich noch ein Ausgang finden.«

Sie sprachen lange hin und her und berieten, wie sie sich von der Notwendigkeit, zu lügen, sich zu verstecken und in verschiedenen Städten zu leben, befreien könnten. Wie wird man diese unerträglichen Fesseln los?

»Wie? Wie?«, fragte er und griff sich an den Kopf. »Ja, wie?«

Und es schien ihnen, dass sie bald eine Lösung finden würden und dass dann ein neues herrliches Leben beginnen könnte; und es war beiden klar, dass das Ende noch in weiter Ferne liege und dass das Schwierigste erst jetzt anfange.

Editorische Notiz

Die vorliegenden Texte folgen der Ausgabe:
Von der Liebe. Novellen von Anton Tschechow. Deutsch von Alexander Eliasberg. Weimar 1917.

Thomas Mann schrieb über diese Ausgabe am 31. Mai 1917 in einem Brief an den Übersetzer Alexander Eliasberg (1878–1924): »Es ist höchst ungehörig, daß ich Ihnen noch nicht für Ihre letzte [...] schöne Gabe, die Tschechow-Novellen gedankt habe. [...] Verzeihen Sie und lassen Sie sich noch heute sagen, wie sehr das Geschenk mich freute, und wie dankbar ich diese tief zuträgliche, gesunde und ohne Überwürzung schmackhafte Kunst [...] wieder genossen habe: nicht zu vergessen *Ihren* Anteil daran, die reine und dabei doch den russischen Geist erhaltende Verdeutschung, die man heutzutage beinahe und nicht nur ›beinahe‹ als ein *politisches* Verdienst einschätzen muß.«

Der Titel von Tschechows berühmtester Novelle ›Die Dame mit dem Hündchen‹ weicht von der Vorlage ab. Dort lautet er: ›Die Dame mit dem Spitz‹.

Die Orthographie wurde auf der Grundlage der neuen amtlichen Rechtschreibung behutsam modernisiert. Eindeutige Druck- und Satzfehler wurden korrigiert.

Daten zu Leben und Werk

1860
Am 29. Januar 1860 wird Anton Pawlowitsch Tschechow als drittes Kind des Kaufmanns Pawel Jegorowitsch Tschechow und dessen Frau Jewgenija in der südrussischen Hafenstadt Taganrog geboren. Armut und eine autoritäre Erziehung prägen die Kindheit der insgesamt sechs Geschwister, doch findet Tschechow bei seiner Mutter, einer begabten Geschichtenerzählerin, Anregungen für seine später hervortretende dichterische Neigung. In der Schule wird der Abkömmling eines ehemals Leibeigenen als »Untermensch« betrachtet.

bis 1879
Schon früh zeigt sich seine Vorliebe für das Theater, von der unter anderem auch die häufigen Besuche der lokalen Provinzbühne zeugten. Sein Abitur legt der aufgrund der schwierigen Familienverhältnisse nur mäßig erfolgreiche Schüler 1879 ab. Im gleichen Jahr folgt er der wegen eines Konkurses umgezogenen Familie nach Moskau, um dort ein Medizinstudium aufzunehmen.

1880
Humoristische Kurzgeschichten, die ab 1880 unter wechselnden Pseudonymen in verschiedenen Satireblättern erscheinen, dienen der Aufbesserung des schmalen Stipendiums, vor allem aber auch der finanziellen Unterstützung der verschuldeten Familie.

1884–1886
Ausgerechnet 1884 – in dem Jahr, in dem es Tschechow gelingt, sich beruflich mit der Erlangung des Arztdiploms und der Eröffnung einer Praxis sowie auch schriftstellerisch mit der Veröffent-

lichung seines ersten Erzählungsbandes zu etablieren – machen sich die Symptome einer Tuberkulose bemerkbar. Dennoch beginnt jetzt die produktivste, bis 1897 anhaltende Phase im Schaffen des Autors, der seine berufliche Doppelrolle als eine »Dreiecksbeziehung«, die Medizin als seine »Ehefrau« und die Literatur als seine »Geliebte« charakterisiert. Ab 1886 finden die Kurzgeschichten ein zuverlässiges Publikationsorgan in der renommierten Zeitung ›Nowoje Wremja‹.

1887–1888
Eine Sonderstellung im Umfeld der Kurzprosa nimmt die umfangreiche Erzählung *Die Steppe. Geschichte einer Reise* ein, die 1888 veröffentlicht wird. Als Bühnenautor debütiert der als Erzähler bereits populäre Tschechow 1887 mit dem Drama *Iwanow* (1889) am Moskauer »Korsch Theater«.

1890–1897
Die beiden großen Triebfedern seines Lebens, die punktuelle Veränderung der Welt durch praktische Hilfe und deren Abbildung durch literarische Ausdrucksmittel bewegen ihn 1890 zu einem dreimonatigen Aufenthalt auf der gefürchteten Sträflingsinsel Sachalin. Die Eindrücke dieses Unternehmens, das durch die vermischte Perspektive des helfenden Beteiligtseins und des objektivierenden Forschens gekennzeichnet ist, schildert sein Buch *Die Insel Sachalin* (1893). Auch in den folgenden Jahren scheinen die literarische Produktion und das sozialkaritative Engagement eine fruchtbare Verbindung einzugehen. Nach einer mehrwöchigen Reise durch Italien, Österreich und Frankreich findet Tschechow 1891 in der südlich von Moskau gelegenen Region Serpuchov einen geeigneten Wirkungskreis. Auf dem Gut Mélichowo, das er 1892 für sich und seine Familie erwirbt, entstehen einige seiner bekanntesten Werke, darunter die Komödien *Die Möwe* (1896) und *Onkel Wanja* (1897) sowie die Erzählungen *Krankenstation Nr. 6* (1890), *Das Duell* (1892), *Flattergeist* (1892), *Der schwarze Mönch* (1894), *Anna am Hals*

(1895), *Ariadna* (1895) und *Der Mensch im Futteral* (1896). Daneben beteiligt er sich mit großem persönlichen Einsatz an der medizinischen Versorgung der verarmten Landbewohner, errichtet ein Krankenhaus sowie zwei Schulen und sorgt für die Einrichtung einer Feuerwehrstation.

1898–1904
Zunehmende gesundheitliche Probleme zwingen Tschechow 1898, die klimatisch ungünstige Moskauer Gegend zu meiden und seinen Hauptaufenthaltsort auf die Krim zu verlegen, wo er bei Jalta ein Haus erwirbt. Nach der erfolgreichen Neuinszenierung des Theaterstücks *Die Möwe* an dem von Konstantin Stanislawski geleiteten Moskauer Künstlertheater kann er sich endlich auch als Bühnenautor durchsetzen. An dem neuen Wohnsitz entstehen inmitten des Kampfes gegen die unerbittlich fortschreitende Krankheit und des weiterhin tatkräftigen Einsatzes für die mittellose Bevölkerung wegweisende Werke wie die Erzählung *Die Dame mit dem Hündchen* (1899) sowie die beiden Musterstücke des modernen Seelendramas, *Drei Schwestern* (1901) und *Der Kirschgarten* (1904). Im Mai 1891 heiratete Tschechow die Schauspielerin Olga Knipper, doch die kurze Ehe ist durch beruflich bedingte monatelange Trennungen gekennzeichnet. Bei der Uraufführung von *Der Kirschgarten* in Moskau, die mit dem 44. Geburtstag des todkranken Dichters zusammenfällt, werden die damit verbundenen Festlichkeiten allgemein als Abschiedsfeier empfunden. Am 15. Juli 1904 stirbt Tschechow während eines Aufenthalts in dem deutschen Kurort Badenweiler nach mehreren Herzanfällen. Seine Beisetzung erfolgt auf dem Moskauer Nowodewitschi-Friedhof.

Aus Kindlers Literatur Lexikon: Anton Tschechow, ›Die Dame mit dem Hündchen‹

Die 1899 erschienene Erzählung vom Frauenverächter und -verführer Gurow, der sich in seine Kurort-Bekanntschaft Anna Ssergejewna verliebt, ist eine der berühmtesten Liebesgeschichten der Weltliteratur; vielen gilt sie als Tschechows Prosa-Hauptwerk. Tschechow hat sie, wie schon der Name der Protagonistin signalisiert, als Gegengeschichte zu Tolstois *Anna Karenina* konzipiert, als Geschichte ohne göttliche Instanz, die den Ehebruch mit dem Tode bestraft, aber auch ohne Beschönigung der Perspektive einer illegitimen Beziehung.

Gurow kennt die Frauen, doch obwohl jedes Abenteuer sich zu einer »komplizierten Verpflichtung auswächst«, wird er bei jeder interessanten Frau wieder schwach. So auch in Jalta angesichts der Dame, die immer mit einem weißen Spitz spazieren geht. Er zieht sie ins Gespräch, registriert, wie befangen sie, wohl erstmals allein, sich benimmt. Sie erwartet »irgendwann« ihren Mann, doch als der Dampfer, mit dem er vielleicht kommt, eine Woche später am Abend angelegt und sich die Menge zerstreut hat, stehen Gurow und Anna immer noch auf der Mole. Er küsst sie, und dann gehen sie in ihr Zimmer.

Anna macht sich Vorwürfe, sie passe mit ihrer Zaghaftigkeit und Verlegenheit, »wie eine büßende Sünderin auf einem alten Gemälde«, nicht in die Frauenkategorien Gurows: nicht zu den sorglos Fröhlichen, die für ein kurzes Glück dankbar sind, nicht zu den Manierierten, die die Liebe wie etwas Höheres behandeln, und nicht zu den raubtierhaft besitzergreifenden Frauen, die vom Leben mehr wollen, als es ihnen zu geben bereit ist. Gurow und Anna fahren nach Oreanda und lauschen dem gleichgültigen Meeresrauschen, und alles ist schön »in dieser Welt (…), alles, mit Ausnahme dessen, was wir selbst tun und denken«. Eine Woche verleben sie in Jalta, Gurow weicht nicht von

Annas Seite, doch dann ruft ihr Mann sie zurück in die Provinzstadt S.

Wieder in Moskau, lässt Gurow zu seiner eigenen Überraschung die Erinnerung an Anna nicht los, sein Gefühl für sie wächst eher, als dass es schwindet. Er will sich mitteilen, doch der Kollege, dem er sich anvertraut, reagiert mit einer Banalität. Sein Alltag, seine Umgebung werden ihm zuwider, er fährt nach S. Gegenüber dem Haus, in dem Anna mit ihrem Mann, von Diederitz, wohnt, steht ein langer grauer Zaun mit Nägeln. Aus diesem ›Gefängnis‹ kommt niemand heraus, und Gurow wagt auch nicht, ein Briefchen hineinzuschmuggeln. Doch am Abend hat die Operette »Die Geisha« (!) Premiere, und das Ehepaar von Diederitz sitzt im Parkett: »diese in der Provinz verlorene, durchaus gewöhnliche kleine Frau [...] war [...] sein einziges Glück, das er ersehnte; und zu den Klängen des schlechten Orchesters, der elenden Provinzgeigen dachte er, wie schön sie sei.« In der Pause geht ihr Mann rauchen und Gurow spricht sie an – sie erschrickt; auch sie hat nur an ihn gedacht, er küsst sie, dann schickt sie ihn weg, verspricht aber, nach Moskau zu kommen.

Alle zwei, drei Monate treffen sie sich nun in einem Moskauer Hotel (der Portier mit roter Mütze, der Gurow von ihrer Ankunft informiert, ist im Unterschied zu Anna Kareninas Todesboten, dem Schaffner mit der roten Mütze, ein Liebesbote), und das Doppelleben, das Gurow nun führt, unterscheidet sich grundlegend von seinen früheren Affären. Er begreift, dass sich das wirkliche Leben im Verborgenen abspielen muss, das offizielle Leben jedoch ein Leben der Lüge ist. Damit schlägt Tschechow Tolstoi mit dessen eigenen Waffen: Er nimmt Anna vor ihrem ›Richter‹ mit dessen eigener, rousseauistischer Argumentation in Schutz.

Das Ende der Erzählung ist offen. »Es war ihm klar, dass diese Liebe nicht so bald ein Ende nehmen werde.« Sie zerbrechen sich den Kopf, wie sie sich vom Verstecken, Betrügen, den langen Trennungen befreien könnten, und »es schien ihnen, dass sie bald eine Lösung finden würden und dass dann ein neues herrliches

Leben beginnen könnte; und es war beiden klar, dass das Ende noch in weiter Ferne liege«.

Das Ende der Liebe und das Ende der Lüge, eigentlich der Gegensatz zweier Unmöglichkeiten, verschwimmen miteinander, und allein dadurch wird subtil ihr einziges mögliches Zusammenfallen suggeriert – im Liebestod.

Leitmotive und Symbole strukturieren und konturieren den Sinngehalt: Annas graues Kleid, das Gurow so liebt, der graue Zaun, Gurows grau gewordenes Haar; die Lorgnette, die Anna auf der Mole verliert und die sie im Theater in S. wieder in der Hand hält; die Wassermelone, die Gurow in der ersten Liebesnacht mit einem großen Messer zerteilt; der Schnee, der trotz der warmen Erdoberfläche aus den kalten Luftschichten heruntersinkt; und der weiße Spitz, Stellvertreter und Echo des »lakaienhaft bescheidenen« von Diederitz.

Matthias Freise

Aus: Kindlers Literatur Lexikon. 3., völlig neu bearbeitete Auflage. Herausgegeben von Heinz Ludwig Arnold (ISBN 978-3-476-04000-8). – © der deutschsprachigen Originalausgabe 2009 J. B. Metzler'sche Verlagsbuchhandlung und Carl Ernst Poeschel Verlag, Stuttgart (in Lizenz der Kindler Verlag GmbH) [Die Schreibweise der Namen lautet in Kindlers Literatur Lexikon: Čechov, Anton Pavlovič; Tolstoj]